Books on Demand

**Bibliografische Information der Deutschen
Nationalbibliothek**
Die Deutsche Nationalbibliothek verzeichnet diese Publikation
in der Deutschen Nationalbibliografie;
detaillierte bibliografische Daten sind im Internet über
http://dnb.d-nb.de abrufbar.

ISBN-978-3-7412-7606-4
© 2016 by Brigitte Gschwandtner
Titelbild-Gestaltung: Dorothea Gschwandtner
Herstellung und Verlag: BoD - Books on Demand,
Norderstedt
Printed in Germany

Brigitte Gschwandtner

Das Licht reist um die Welt

Ein literarischer Adventskalender

Brigitte Gschwandtner lebt mit ihrem Mann in einer kleinen Stadt am Nordrand des Spessart. Ihre drei Kinder haben längst das elterliche Nest verlassen und leben auf unterschiedlichen Kontinenten, mehrere Enkelkinder eingeschlossen. Durch den jahrzehntelangen Dienst als Pastoren- und Missionarsfrau kann Brigitte Gschwandtner aus einem reichen Schatz an Erfahrungen schöpfen. Beobachtungen und eigene Erlebnisse sind in ihren Erzählungen eng miteinander verwoben. Neben den bisher veröffentlichten neun Familien-Romanen hat sie auch etliche englische Bücher ins Deutsche übersetzt.

Inhaltsverzeichnis

Dieses Buch … 6
Advent 8
1. Maria - Nazareth, Israel – im Jahre „Null"........ 9
2. Shobana - Lonach, Sri Lanka – ca. 2006 14
3. Ulrike - Lüneburg, Deutschland – ca. 1975....... 19
4. Fahmida - Siran-Tal, Pakistan – 2005.................... 23
5. Filipe - Lissabon, Portugal – 1978..................... 26
6. Kendrick- Vancouver, BC, Kanada – 2013............ 30
7. Gergana - Sofia, Bulgarien – ca. 1998................... 35
8. Pedro - Ekuador – ca. 2003............................... 39
9. Eruera - Wanaka, Neuseeland, – ca. 2004......... 44
10. Sentwali - Massai-Amboseli, Kenia – ca. 1982..... 49
11. Amol - Washim, Indien – 2003...................... 53
12. Josef - Jerusalem, Israel – im Jahre „Null" 57
13. Calum - Isle of Lewis, Schottland – ca. 1965..... 63
14. Caitlin - Isle of Lewis, Schottland – ca. 2000..... 67
15. Lydia - Kapstadt, Südafrika – 1982................. 71
16. Harimaya- Khani, Nepal – ca. 1990..................... 75
17. Jean-Luc - Haiti – ca. 1980................................... 79
18. Tatjana - An der Wolga, Russland – ca. 1993..... 83
19. Khaya - Bulawayo, Simbabwe – ca. 2000......... 88
20. Binoy - Naogaon, Bangladesch – ca. 2004...... 93
21. Flavia - Cuernavaca, Mexiko – ca. 2001.......... 97
22. Marit - Kiruna, Schweden – ca. 1995.............. 101
23. Govind - Mumbai, Indien – 1998...................... 106
24. Bela - Bethlehem, Israel – im Jahre „Null"... 110
Danksagung und Quellenangaben 114

Dieses Buch ...

... entstand über einen langen Zeitraum. Es begann damit, dass in der örtlichen Gemeinde, der ich angehöre, über einige Jahre im Heiligabend-Gottesdienst eine Geschichte vorgelesen wurde. Nachdem ich schon mehrere Bücher veröffentlicht hatte (unter meinem Autorennamen Renate Christ), lag es für mich nahe, diese Geschichten selbst zu schreiben. Dadurch hatte ich bereits eine kleine Sammlung solcher Geschichten, auf der ich aufbauen konnte.

Durch unsere Missionsarbeit musste mein Mann viele unterschiedliche Länder bereisen, und ab und zu habe ich ihn begleitet. Auf solchen Reisen konnte ich weiteres Material für meine Geschichten entdecken. Aber fast alle Länder verändern sich mit der Zeit. Darum steht im Inhaltsverzeichnis jeweils eine Jahreszahl hinter dem Titel der einzelnen Geschichten, um anzudeuten, in welcher Situation sie spielen. So habe ich zum Beispiel Indien in den Jahren 1999 und 2006 besucht und war sowohl im Kanjur-Slum in Mumbai als auch im Hospital in Washim. Bei meinem ersten Besuch besaßen die dreirädrigen Taxis noch keine Katalysatoren und zogen daher eine schwarze Fahne hinter sich her – wie in der Govind-Geschichte, die ich im November 1999 schrieb. Bis zu meinem Besuch im Jahr 2006 waren diese Abgas-Fahnen verschwunden.

Einige Einzelheiten, vor allem in den Geschichten von Maria und Josef, mögen sich ungewohnt und fremd anhören. Über die Jahrhunderte wurden Dinge entdeckt und erforscht, die einiges verändern, was wir als gegeben angesehen haben, was aber erst später hinzugefügt wurde. Ein Beispiel ist Josefs Beruf. Er baute Häuser, die zu seiner Zeit hauptsächlich aus Steinen bestanden, zuweilen sogar in die Felsen hineingehauen wurden. In Nord- und Mitteleuropa wurden dank ausgedehnter Wälder bis in die Neuzeit hinein viele Häuser jedoch vorwiegend aus Holz gebaut (z.B. Fachwerkhäuser). So machten die Leute aus dem ursprünglichen Bauhandwerker einen Zimmermann.

Viele der Geschichten sind frei erfunden. Aber in der jeweiligen Situation hätten sie genau so geschehen können, und äußere Umstände wie der Befreiungskrieg in Mosambik oder das Erdbeben in Pakistan sind historisch korrekt. Etliche Freunde und Mitarbeiter vor Ort in den verschiedenen Ländern – größtenteils Einheimische – haben mir geholfen, durch ihre detaillierten Informationen die Geschichten so authentisch wie möglich zu gestalten. Mein besonderer Dank gilt diesen Freunden.

Absichtlich habe ich die Zahl 24 gewählt. So kann das Buch auch als missionarisch-literarischer Adventskalender genutzt werden. Wie Sie es auch immer lesen: Ich wünsche Ihnen dabei die Freude und den Frieden des Herrn, dessen Menschwerdung wir an Weihnachten feiern,
Ihre
Brigitte Gschwandtner

Advent

„Was, schon wieder so weit?"
Dann geht es los:
„Ich hab jetzt keine Zeit!
Wie schaff ich's bloß!?"

Planen, Suchen, Stöhnen, Hasten,
Wühlen, Kaufen, Päckchen packen;
Jeder trägt so seine Lasten.
Plätzchen soll'n wir auch noch backen.

Süße Lieder rieseln, kaum beachtet, auf uns nieder,
Wenn wir durch die überfüllten Läden wetzen.
Und dazu, hübsch fromm verbrämt, wie alle Jahre wieder
Muss man von Besinnung zu Besinnung hetzen.

    „Vater, hast Du wirklich das gemeint,
    Als Du Deinen Sohn zu uns gesandt?
    Wurde nicht der wahre Sinn verneint
    Und das Fest davon weit abgewandt?

    Vater, lehr mich, stille wieder sein,
    Mich besinnen auf den wahren Grund,
    Dass Gott Selbst sich willig machte klein,
    Schloss mit mir den neuen Gnadenbund."

    Jesus wurde Mensch, ein hilflos' Kind,
    Hat der Herrlichkeit sich abgekehrt.
    Zu verstehen, wie wir Menschen sind,
    Lebte Er wie wir auf dieser Erd.

    Gott in Windeln! Ist mir das bewusst?
    Bet ich nur ein süßes Baby an?
    Fühl ein frommes Schauern in der Brust
    Und damit ist alles abgetan?

1. Maria

Nazareth, Israel – im Jahre Null

Emsig knetete sie den Teig für die Brotfladen. Dann hielt sie plötzlich inne und horchte. Merkwürdig, wie still es auf einmal nebenan in der Werkstatt war! Kein Meißeln oder Klopfen mehr! Was war da los?

Während sie sich wieder ihrem Teig zuwandte, hörte sie eine Männerstimme. Das war nicht Josefs Stimme! Aber dann antwortete Josef. Eine Zeit lang redeten die beiden Männer gedämpft miteinander, ohne dass sie auch nur ein Wort verstand.

Etwas später öffnete sich die Tür zur Werkstatt, und Josef kam langsam herein. Sein Gesicht war ernst, die Stirn zu einer steilen Falte über der Nasenwurzel zusammengezogen. Er trat zu ihr heran. „Wie schnell kannst du reisefertig sein?"

„Reisefertig?" Sie sah an sich hinunter, legte eine Hand auf ihren Leib, in dem das Kind seit über acht Monaten heranwuchs, und blickte dann wieder auf, eine stumme Frage in ihren Augen.

„Es tut mir leid, Maria!" Er atmete tief. „Der römische Kaiser hat eine Volkszählung angeordnet."

„Was bedeutet das? Warum müssen wir deshalb reisen? Und wohin?"

„Jeder muss an den Ort, wo seine Vorfahren herkommen. Und da ich aus dem Geschlecht Davids stamme, muss ich nach Bethlehem."

„Nach Bethlehem? Ohhh!"

„Ja, leider. Es ist mir gar nicht recht, jetzt mit dir eine so weite Reise machen zu müssen. Aber gegen die römische Besatzung sind wir machtlos. Es bleibt uns nichts anderes übrig als zu gehen. Wie schnell kannst du reisefertig sein?"

Maria starrte auf den Brotteig und überlegte. „Morgen früh? Reicht das? Oder muss es noch heute sein? Ich sollte schon ein paar Sachen zusammenpacken und auch die Brotfladen noch backen."

„Gut, morgen früh dann. So hab ich noch ein bisschen Zeit, um die Werkstatt in Ordnung zu bringen und einen Auftrag fertigzustellen. Denn wir werden wohl ziemlich lange weg sein."

„Ja, Josef!" Seufzend wandte sich Maria wieder dem Brotteig zu. Dabei überlegte sie, was sie als Wegzehrung einpacken konnte. Rosinen waren noch da, etwas Mehl und etliche getrocknete Feigen. Wenn sie sich beeilte, konnte sie noch einen Kuchen damit backen. Von dem könnten sie mehrere Tage leben.

Sonst hatte sie nicht viel. Denn so lange war es noch nicht her, dass Josef sie zu sich genommen hatte. Eigentlich war die Hochzeit auf später geplant gewesen. Aber das Kind hatte alle Pläne geändert.

Warme Dankbarkeit gegenüber Josef durchrieselte Maria. Er hätte allen Grund gehabt, sie anzuzeigen und, wenn die römische Besatzungsmacht es erlaubt hätte, sie sogar steinigen zu lassen, als er entdeckte, dass sie schwanger war, und zwar nicht von ihm. Zunächst schien es auch auf das hinauszulaufen. Sie erinnerte sich nur zu gut an sein entsetztes, enttäuschtes Gesicht, als ihr leinenes Gewand ihren wachsenden Leib nicht mehr verbergen konnte. Wortlos hatte er sich umgewandt und war mit hängenden Schultern davongestolpert.

Aber am nächsten Tag war er zurückgekommen. Etwas scheu hatte er sie angelächelt, ihre Hand gefasst und leise gesagt: „Komm zu mir!" Und sie war ihm ohne Zögern gefolgt.

Erst viele Tage später hatte er ihr erzählt, was ihn dazu bewogen hatte. Derselbe Engel Gabriel, der auch ihr erschienen war, hatte ihm des Nachts im Traum gesagt, wessen Sohn da in ihr heranwuchs. Nun wusste es außer ihr auch Josef, und sie hüteten ihr Geheimnis wie einen kostbaren Schatz.

Früh am nächsten Morgen verließen sie Nazareth. Maria sah sich um und warf einen letzten Blick auf die Stadt. Dann folgte sie Josef, und sie stiegen nach Südosten ins Tal hinab.

In gutem Tempo hätten sie bis abends das Jordantal erreichen können. Aber Josef wollte Maria in ihrem Zustand nicht so viel zumuten. Auf etwa halber Strecke klopfte er in einem kleinen Dorf bei einem Bauhandwerker an, den er kannte. Benaja und seine Frau Egla nahmen die beiden Wanderer gastlich auf und bereiteten ihnen ein Nachtlager.

Auch am folgenden Tag machten Josef und Maria sich früh auf den Weg, um möglichst weit zu kommen, bevor die über Nacht aufgezogenen Regenwolken sich entluden. In Beth Schean, wo sich mehrere Handelsstraßen kreuzten, schwenkten sie ins Jordantal ein. Josef ließ Maria sich am Dorfbrunnen ausruhen und erkundigte sich nach einer Karawane, der sie sich anschließen könnten. Allein weiterzureisen war wegen der vielen Raubüberfälle zu gefährlich.

„Die nächste Karawane wird erst übermorgen früh aus Tyrus erwartet", berichtete er Maria. „Aber Jekamja, der Töpfer des Ortes, hat uns angeboten, so lange bei ihm zu bleiben. Dann kannst du dich einen Tag ausruhen, bevor wir weitermarschieren müssen!"

Dankbar ließ Maria sich von Josef zu Jekamjas Haus führen. Naama, seine Frau, lächelte ihr entgegen und erfrischte sie und Josef als Erstes mit einem Becher kühlen Wassers. Dazu reichte sie ihnen kleine Kuchen aus getrockneten Feigen. Als Maria schüchtern ihre Hilfe fürs Vorbereiten der Abendmahlzeit anbot, wehrte Naama lächelnd ab: „Ruh dich lieber aus! Die weitere Reise wird noch anstrengend genug werden."

Die Karawane traf bereits am nächsten Abend kurz vorm Dunkelwerden ein und schlug am Rande des Ortes ihr Nachtlager auf. Josef ließ Maria in Naamas Obhut und suchte den Leiter der Karawane auf. Ussiel, kaum älter als Josef, stimmte zu, das junge Paar mitzunehmen.

In aller Frühe, kaum dass der Tag graute, brachen sie auf. Zunächst wandten sie sich ostwärts, um den Jordan zu überqueren, damit sie als fromme Juden nicht durch Samarien reisen mussten. Noch bevor sie die Furt erreichten, gesellte sich eine ältere Frau zu Maria. „Ich bin Zibja, Ussiels Mutter. Und du heißt Maria, nicht wahr?"

Maria nickte. „Ja, ich bin Josefs Frau."

Zibja wies verstohlen auf Marias starken Leib. „Wie lange hast du noch?"

„Ungefähr drei Wochen."

„Warum musst du so spät noch so eine weite Reise auf dich nehmen?"

„Wegen der Volkszählung. Ich nehme an, du hast davon gehört?"

„Ja, das hab ich. Wir haben noch einige andere in der Karawane, die deshalb unterwegs sind. Stammt ihr aus Jerusalem?"

„Nein, wir müssen noch weiter nach Bethlehem. Mein Mann und ich stammen beide aus dem Geschlecht Davids."

„Bethlehem also! In den Bergen von Judäa. Na, zum Glück ist das nicht so sehr weit von Jerusalem entfernt. Aber insgesamt ist es doch eine lange Reise für dich. Weißt du was? Ussiel hat mir einen Esel gegeben, damit ich ab und zu reiten kann, wenn mir das Laufen zu beschwerlich wird. Ich will ihn gerne mit dir teilen. Dann können wir abwechselnd reiten."

Maria wusste kaum, wie sie ihr danken sollte. Sie hatte sich schon gefragt, wie sie das Tagespensum der Karawane die ganze Reise durchhalten sollte. Aber wenn sie auf diese Weise immer wieder ein Weilchen ausruhen konnte, würde sie es sicher schaffen.

Zibja hielt Wort. Sie holte ihren Esel herbei, und die beiden Frauen ritten immer abwechselnd, während die andere nebenherwanderte. Dadurch konnte auch Maria mit den anderen Schritt halten.

Am dritten Tag erreichten sie im Laufe des Nachmittags Jericho. Ussiel entschied, über Nacht dort zu lagern. „Der Aufstieg nach Jerusalem ist lang und steil. Jetzt ist die Zeit schon sehr knapp, es noch bei Tageslicht zu schaffen", erklärte er den Mitreisenden, die ihm anvertraut waren.

Bis zum Aufbruch am nächsten Morgen hatte er einen weiteren Esel besorgt, so dass seine Mutter und auch Maria, die einzige schwangere Frau der kleinen Karawane, die steil ansteigende Straße hinauf reiten konnten. Josef half seiner Frau auf das Tier hinauf und dankte Ussiel für seine Fürsorge. Denn Jericho lag mehr als dreihundert Meter unter dem Meeresspiegel. Bis zum Ölberg, hinter dem sich das Ziel der Karawane verbarg, mussten über tausend Höhenmeter durch eine öde, staubige Kreidewüste bewältigt werden.

Etliche Stunden brauchten sie für den Aufstieg. Der letzte Tropfen aus den Wasserschläuchen war herausgesogen, die Lippen fühlten sich rau und rissig an, der Staub drang durch alle Kleidungsstücke und bildete mit dem Schweiß der Anstrengung eine unangenehme Kruste auf der Haut. Das Atmen wurde immer schwerer, der Hustenreiz wegen des trockenen Staubes nahm immer mehr zu. Ob sie es jemals schafften, die Höhe zu erreichen?

Und dann waren es nur noch ein paar Schritte, und sie standen auf der Kante des Ölbergs. Keiner sprach zunächst, so überwältigt waren selbst die von dem Anblick, die ihn schon früher gesehen hatten. Vor ihnen lag die Stadt Jerusalem in all ihrer Schönheit ausgebreitet, rundum von Höhenzügen schützend umgeben.

Eine ganze Zeit lang blieben sie stumm. Dann begann jemand den 125. Psalm zu singen, und nach und nach fielen die anderen alle ein:

> Die auf den HERRN vertrauen,
> sind wie der Berg Zion;
> er steht fest und sicher
> und hat für immer Bestand.
> So wie die Berge
> Jerusalem umgeben und schützen,
> so umgibt und schützt
> der HERR sein Volk ...[1]

Langsam schlängelte sich die Karawane dann den Ölberg hinunter aufs Stadttor zu.

---

[1] Zitat nach „Neues Leben"-Bibel

2. Shobana
Lonach, Sri Lanka – ca. 2006

„Das gefällt mir nicht!" Stirnrunzelnd blickte der Vater auf die Mutter. „Ich will nicht, dass unsere Kinder in die Christenschule gehen!"
„Ach, bitte!" Der achtjährige Arumugam schaute zu seinem Vater auf. „Es ist so schön dort!"
„Ja!", nickte Sita, seine ältere Schwester, zustimmend. Shobana, die Sechsjährige, wagte nichts zu sagen. Nur ihre Augen flehten den Vater an.
„Eines Tages werden uns die Götter dafür strafen!", grollte der Vater noch. Dann eilte er zu seiner Arbeit auf der Teeplantage. Eine Menge Unkraut musste gejätet werden.

Stumm schaute Shobana zu, wie ihre Mutter sich die Beine mit Salz und Seife einrieb, um gegen die Blutegel geschützt zu sein, die bei diesem feuchten Wetter die Teeplantagen bevölkerten. Dann schwang sie sich den großen, grünen Sack über den Rücken, legte sich das Ende ihres Saris über den Kopf und griff nach den Rotis. Einen der beidseitig gebackenen Fladen aus Weizenvollkornmehl und geraspelter Kokosnuss würde sie später in der Plantage zum Frühstück, den zweiten als Mittagsmahlzeit essen. Sie öffnete die Holztür ihres kleinen Hauses und trat in den kühlen, feuchten Morgen hinaus, um mit den anderen Frauen des Dorfes Teeblätter in der Plantage zu pflücken. Sämtliche Hänge, nicht nur um Lonach herum, sondern viele Kilometer in alle Richtungen der srilankischen Berge, schimmerten im kräftigen Grün der riesigen Teefelder. Die farbenfrohen Saris der Teepflückerinnen leuchteten darin wie verstreute Blüten.

Shobana, die ihren Namen „Schönheit" zu Recht trug, schüttelte sich in dem kalten Luftzug, der zur Tür hereingeweht war. Schnell stellte sie sich näher an das offene Herdfeuer, auf dem die Mutter wie immer die Rotis für den Tag in der Plantage gebacken hatte. Doch Sita, nach der Frau des hinduistischen Gottes Ram benannt, fasste nach der Hand des dreijährigen Sivalingam und mahnte Shobana: „Komm, es ist Zeit; wir müssen gehen!"

Die Erde fühlte sich kalt und aufgeweicht unter ihren nackten Füßen an, als Arumugam, Shobana und Sita mit Sivalingam zwischen den beiden Häuserzeilen entlanghasteten. Die Plantagenbesitzer hatten für ihre Arbeiter die Wohnungen aus Zementblöcken errichten, mit Lehm abdichten und einem Dach aus Wellblech bedecken lassen. Die Holztür schützte den kleinen Wohnraum und das winzige Schlafzimmer dahinter vor Schlangen, Leoparden und anderen Tieren, und ein einziges Fenster ließ etwas Licht herein. Es konnte durch einen hölzernen Laden geschlossen werden.

Die vier Geschwister atmeten auf, als sie den Raum betraten, den die Christen aus Hatton gemietet hatten. Mit zahlreichen anderen Kindern des Dorfes setzten sie sich im Schneidersitz auf den Boden. Dankend nahmen sie die Schälchen mit dem wärmenden Brei aus Milch und gekochtem Getreide entgegen, der an alle Kinder verteilt wurde.

Doch bevor sie aßen, neigten alle die Köpfe, und der Mann, der das Essen verteilt hatte, schloss seine Augen. Er dankte seinem christlichen Gott, den er Jesus nannte, für die nahrhafte Mahlzeit. Erst dann durften die Kinder ihre hungrigen Mägen füllen.

Der Name Jesus erinnerte Shobana an den Film, den sie zusammen mit den Dorfleuten vor scheinbar langer Zeit gesehen hatte. Es war nur gut zwei Jahre her, aber in solchen Zeitspannen konnte die Sechsjährige nicht denken. So nah am Äquator gab es in den Jahreszeiten kaum Unterschiede, die beim Zählen hätten helfen können. Sie wusste aber noch, dass dieser Mann Jesus viele Kranke gesund gemacht und kleine Kinder auf den Arm genommen hatte. Viel mehr war von dem Film in ihrem Gedächtnis nicht hängen geblieben, weil sie irgendwann in Mutters Arm eingeschlafen war. Aber die Christen aus Hatton redeten sehr viel von Jesus und sprachen zu ihm, als ob er neben ihnen stünde, obwohl niemand zu sehen war.

Nach dem Frühstück blieb der kleine Sivalingam im Kindergarten zurück, während Sita, Arumugam und Shobana mit den anderen Kindern des Dorfes zur Schule liefen. Sie war für mehrere Dörfer gemeinsam auf dem Berg errichtet worden, und die Schüler mussten den Pfad zwischen den Teepflanzen emporsteigen.

Die Kinder von Lonach hatten die Schule fast erreicht, als plötzlich Arjun, einer der größeren Jungen des Nachbardorfes, ihnen entgegengerannt kam. Er fuchtelte wild mit den Armen und schrie: „Schnell! Lauft weg! Schnell! Schnell!"

Sofort fuhren alle herum und sausten den Berg wieder hinunter, Arjun dicht hinter ihnen. Was mochte sie Schreckliches verfolgen? Eine giftige Schlange? Ein Wildschwein? Oder gar ein Leopard, den der Hunger aus dem Urwald getrieben hatte?

Unten angekommen, jagten sie zum Dorfhaus, drängten sich mitsamt Arjun hinein und schlugen die Tür hinter ihm zu. Nach Atem ringend wandten sie sich dann ihm zu und schauten ihn fragend an.

„Hornissen!", keuchte Arjun. „Ein ganzer Schwarm! Jemand hat sie aufgestört! Sie haben etliche von uns gestochen!"

„O Schreck!", schrie Arumugam, während Shobana sich an Sitas Hand klammerte. „Was dann? Sind sie tot?"

„Ich weiß nicht!", bekannte Arjun. „Aber ich geh da heut nicht mehr rauf." Er öffnete die Tür und steckte den Kopf durch den Spalt.

„Ich auch nicht!" – „Ich auch nicht!", stimmten etliche zu. Erst nach und nach wagten sie sich vor die Tür. Bebend standen sie dort beieinander und starrten den Pfad hinauf. Die Hornissen würden ja hoffentlich nicht hierherkommen?!

Plötzlich fiel Shobana Vaters letzter Satz von diesem Morgen ein: „Eines Tages werden die Götter uns dafür strafen!" War das etwa schon die Strafe der Götter? Zitternd wandte sie ihr Gesicht Sita zu und fragte sie leise danach.

Bevor Sita antworten konnte, kreischte Arumugam: „Da kommen sie!"

„Wer! Was! Die Hornissen?", schrien ein paar andere auf. Doch dann sahen sie zwei Schüler aus Arjuns Dorf den Pfad herunterrennen.

Kaum waren die beiden unten angekommen, wurden sie umringt und ausgefragt. „Ja", bestätigten sie, „etliche sind gestochen worden. Der Lehrer hat sie runter zum Arzt gebracht, und heut ist keine Schule mehr."

Beim Abendessen aus Reis, Dhal und Curry blickten Sita und Arumugam immer wieder verstohlen zum Vater hinüber. Hatte er von dem Hornissenangriff gehört? Und würde er ihnen nun verbieten, heute Abend zur Sonntagsschule der Christen zu gehen? Hoffentlich nicht! Heute wollten sie doch weitere Tänze für die Weihnachtsfeier einüben, für die sie bald ins christliche Zentrum der Kirche nach Hatton fahren sollten. Da mussten sie einfach dabei sein; sie wurden doch gebraucht!

Nur Shobana sah nicht auf. In ihrem Kopf kreiste ständig Vaters Warnung vom Morgen herum. Wenn nun noch etwas Schlimmeres über sie hereinbrach?

Zum Glück erwähnte der Vater nichts von den Hornissen. Nach der Mahlzeit liefen Sita und Arumugam zur Sonntagsschule der Christen. Zögernd folgte Shobana. Beim anfänglichen Singen, das sie eigentlich am schönsten fand, blieb sie stumm.

Bevor die Kinder sich in ihre drei Altersgruppen aufteilten, erzählte Sita dem Pastor von der morgendlichen Hornissenattacke. „Mein Vater hat gesagt, unsere Götter würden uns strafen, weil wir zu den Christen gehen. Stimmt das?"

Shobana hielt den Atem an. Was würde der Pastor darauf sagen?

Er antwortete mit einer Gegenfrage: „Warum üben wir die Tänze ein?"

„Weil wir sie an der Weihnachtsfeier in Hatton vorführen wollen", erwiderte Shanti, die neben Sita saß.

„Was feiern wir an Weihnachten?"

„Die Geburt von Jesus", wusste Arumugam.

„Wer ist Jesus?"

„Ein Sohn Gottes", rief Sundar aus der letzten Reihe.

„Nicht *ein* Sohn Gottes", korrigierte der Pastor, „sondern *der* Sohn Gottes. Jesus ist der einzige Sohn des einzigen wahren Gottes. Er kam auf die Erde als kleines Baby, wuchs heran und wurde ein Mann, um uns zu helfen, nicht um uns zu schaden. Er liebt uns so sehr, wie wir es uns kaum vorstellen können. Und er ist mächtiger als alles andere auf der Welt, mächtiger als die Hornissen, mächtiger als alle anderen Götter, als alle bösen Geister."

Shobana atmete tief durch. Jesus war mächtiger als Ram und all die anderen Götter? Dann brauchte sie ja keine Angst mehr vor ihnen zu haben. Wie gut, dass Jesus auf die Erde gekommen war!

3. Ulrike
Lüneburg, Deutschland – ca. 1975

„Ach, Ines, guck bloß mal! Sieht die nicht toll aus?" Ulrike wies auf die Barbiepuppe im Schaufenster und hakte sich bei ihrer Freundin ein. „Du, die hätt ich gern zu Weihnachten!"
„Du kannst sie dir ja auf deinen Wunschzettel schreiben. Oder gibt's bei euch so was nicht?"
„Doch, klar! Mach ich auch gleich, wenn ich heimkomm."
„Weißt du, was ich mir wünsche?" Ines senkte ihre Stimme und zog ein geheimnisvolles Gesicht.
„Nein, das hast du mir noch nicht verraten. Was denn?" Auch Ulrike sprach leiser, als dürften es die Leute, die hinter ihnen vorübereilten, nicht hören.
„Komm mit; ich zeig's dir!" Ines wandte sich vom Schaufenster ab. Offenbar gab es ihren großen Wunsch nicht hier im Spielwarenladen zu kaufen. Arm in Arm schoben sich die beiden Mädchen durch das vorweihnachtliche Gedränge. Über ihnen spannten sich Bögen aus Tannengrün mit leuchtenden Sternen, die Schaufenster waren festlich geschmückt. Aus einigen Geschäften klang Weihnachtsmusik, sobald die Türen geöffnet wurden. Von irgendwoher duftete es so verlockend, dass Ulrike stehen blieb und schnupperte. „Mmhh!"
Doch Ines strebte weiter und zog ihre Freundin mit. „Wie weit ist es denn noch?", fragte Ulrike, als sie schließlich in eine Seitenstraße einbogen.
„Nicht mehr weit!" Ines ging schneller, und Ulrike versuchte mit ihr Schritt zu halten. Endlich hielt Ines an, und Ulrike blickte neugierig in das Schaufenster. Vornean kroch eine Schildkröte langsam durch eine offene Kiste, dahinter hüpften etliche Wellensittiche in verschiedenen Farben in einem großen Käfig herum. In einer zweiten Kiste hockten zwei weiße Häschen, jedes in einer Ecke. Und seitlich döste in einem glasartigen Kasten ein Leguan.
Ulrike blickte von einem Tier zum anderen. „Und was willst du nun von dem allem hier haben? Den lila Wellensittich? Der hat wirklich eine tolle Farbe!"

„Ach was, doch keinen Vogel! Nein, guck mal hier in der Ecke!" Ines zerrte ihre Freundin zur Seite und wies auf ein kleines braunes Etwas mit dichtem Fell. „Das Hundchen da! Ist der nicht total süß? Guck nur die winzige Nasenspitze! Wie ein kleiner schwarzer Knopf! Und wie er guckt! So richtig goldig! Du, den möcht ich unbedingt haben!"

„Und was sagen deine Eltern dazu?"

„Mutti hab ich's schon gesagt, und sie meinte, das sei eine gute Idee. Sie will nur erst mit Vati reden. Aber er wird schon zustimmen. Wo ich doch ganz allein bin so ohne Geschwister. Ich hab's da eben nicht so gut wie du!"

„Gut??" Ulrike schrie es fast. „Das nennst du gut? Auf meine Brüder kann ich gut verzichten, und Reni wird auch immer unerträglicher, seit sie laufen kann. Seither ist nichts vor ihr sicher!"

„Och, die ist doch aber so süß! Ich wünschte, ich hätt so 'n kleines Schwesterchen. Oder 'n Bruder. Ich bin immer bloß allein."

„Sei froh! 'ne kleine Schwester ist schon schlimm genug, aber jüngere Brüder sind einfach furchtbar. Und ich muss auch noch zwei von der Sorte aushalten! Du hast's gut, weil du deine Ruhe hast!"

Ines widersprach nicht, wenn sie auch anders darüber dachte. „Komm, wir gehn heim", schlug sie stattdessen vor. „Ich hab noch Hausaufgaben zu machen. Die schaff ich sonst nicht bis morgen."

Die beiden Mädchen wandten sich vom Schaufenster ab und eilten zur Großen Bäckerstraße zurück. Schweigend drängelten sie sich hintereinander durch das Gewühl. Erst als sie den Platz Am Sande überquert hatten, hakte Ines sich wieder bei ihrer Freundin ein. „Bist du böse, Uli?"

„Nein, nein!", wehrte Ulrike hastig ab, obwohl ihre herabgezogenen Mundwinkel ihren Unmut verrieten.

Ines fragte nicht weiter, drückte nur Ulrikes Arm fester an sich. Auf keinen Fall wollte sie jetzt einen Streit beginnen.

Eine Weile liefen sie stumm nebeneinander her. In der Barckhausenstraße blieb Ulrike stehen. „Du, Ines, macht's dir was aus, das letzte Stück allein zu gehn? Ich will noch mal schnell bei meiner Oma vorbei."

„Hm, ja, geh nur. Ich hab's ja nicht mehr weit. Tschüs, Uli."

„Tschüs, Ines. Bis morgen. Und ich hoff für dich, dass du den kleinen Hund bekommst. Er ist wirklich goldig."

„Ja, nicht wahr?" Ines lächelte, als halte sie das Tierchen schon in den Armen. Dann lief sie über die Straße davon.

Ulrike bog in die Kefersteinstraße ein und hastete den Bürgersteig entlang. Die Worte der Freundin stachen wie feine Nadeln in ihrem Innern. „Wie kann Ines nur so was sagen! Sie hat ja keine Ahnung, was für 'ne Plage jüngere Geschwister sind. Noch dazu so viele! Eins hätt ja wohl auch gereicht!"

Bei der Großmutter leuchtete warmes Licht aus dem Wohnzimmerfenster. Also war sie offensichtlich daheim! Erleichtert drückte Ulrike auf den Klingelknopf.

Wenig später wurde die Tür geöffnet. „Oh, Rieke! Was für eine liebe Überraschung! Das freut mich aber! Komm schnell rein; es ist kalt draußen!"

An der Garderobe zog Ulrike ihren Mantel aus und hängte ihn über einen Bügel, wie Omi das liebte. Dann folgte sie der Großmutter ins Wohnzimmer. „Mmh, duftet das hier gut!"

„Jaja!" Die Oma lachte. „Du kommst genau zur richtigen Zeit. Ich hab vorhin ein paar Bleche voll Plätzchen gebacken. Jetzt koch ich dir schnell einen Kakao, und dann darfst du von jeder Sorte eins probieren."

Nachdem sie mit einem gefüllten Tablett wieder aus der Küche kam, stellte sie Ulrike einen dampfenden Becher Kakao und einen Teller mit Plätzchen auf den Couchtisch und zündete zwei Kerzen am Adventskranz an. „So, nun machen wir beide es uns gemütlich. Weiß Mami, dass du bei mir bist?"

„Hm, nicht genau. Ines und ich wollten Weihnachtsgeschenke kaufen. Aber Ines musste früher heim als ich, und da hab ich gedacht, dann kann ich dich mal kurz besuchen, ohne dass Mami – hm – sich Sorgen macht. Außerdem ..." Ulrike brach ab.

„Was: außerdem?"

Ulrike wurde rot und senkte den Kopf. „Außerdem hat sie ja Benni und Fred und Reni. Da braucht sie mich nicht unbedingt."

Die Großmutter blickte ihre Enkelin erst eine Weile forschend an, bevor sie leise fragte: „Bist du dir da so sicher?"

Die Schultern zuckend, nahm Ulrike sich ein Plätzchen. Während sie darauf herumkaute, ohne zu merken, wie gut es schmeckte, erinnerte sie sich an die Worte, die ihre Mutter erst heute Morgen zu ihr gesagt hatte: „Du bist doch mein großes Mädchen! Ich bin ja so froh, dass ich dich habe und du schon so vernünftig bist!" Hastig griff Ulrike nach dem Becher und trank ein paar Schlucke Kakao, als könne sie damit auch die Erinnerung an Mutters Worte hinunterspülen.

Eine Weile starrte sie auf den Teller. Dann seufzte sie und flüsterte: „Es klappt einfach nicht!"

„Was klappt nicht, Rieke?" Die Großmutter setzte sich neben sie und legte ihr einen Arm um die Schultern.

„Das, was Jesus gesagt hat! Dass wir unsere Brüder lieben sollen. Das geht gar nicht! Er weiß nicht, wie das ist, wenn man sich mit jüngeren Geschwistern abplagen muss!"

„Bist du sicher, dass er das nicht weiß?"

„Woher sollte er das denn wissen? Er hatte doch keine! Schließlich war er Gottes einziger Sohn."

„Aber er war nicht Marias einziges Kind. Er hatte mehrere Schwestern, mit denen er gemeinsam aufwuchs, und mindestens vier Brüder, denn von denen werden sogar die Namen erwähnt."

„So viele?! Hm! Ja, aber ... dann warn die bestimmt immer ganz brav und haben alles gemacht, was er gesagt hat."

„Auch das stimmt nicht; im Gegenteil. Sie haben Jesus verspottet und sogar für verrückt erklärt. Erst nach seiner Auferstehung haben sie an ihn geglaubt. Jesus wusste sehr wohl, wie schwierig das mit Geschwistern sein kann. Er kam zu Weihnachten als kleines Baby auf die Welt, wuchs als normales Kind auf wie jeder andere Junge oder jedes Mädchen, damit er weiß, wie Kinder denken und empfinden. Er kam zu uns und wurde wie wir, und genau das feiern wir an Weihnachten!"

4. Fahmida
Siran-Tal, Pakistan - 2005

Zitternd kauerte Fahmida auf einem Mauerbrocken und betrachtete ihr zerstörtes Zuhause. Sie zog ihren Schal fester um sich, während ihr wieder Tränen in die Augen stiegen. Fast zwei Monate war dieses schreckliche Erdbeben nun her, das so viel Leid und Tod und Verwüstung ins Siran-Tal im Norden Pakistans gebracht hatte. Nie würde sie diesen Tag im Oktober vergessen: die schaukelnde Erde, die überall Spalten aufbrach, der Staub und Lärm von einstürzenden Häusern, die Schreie des Entsetzens, der Schmerzen und der Verzweiflung. Nur einen Augenblick vorher war sie nach draußen gegangen, von der Mutter geschickt, um etwas zu holen. Da warf sie der hüpfende Boden zur Erde, und hinter ihr fiel das Haus in sich zusammen, begrub die Mutter, das winzige neugeborene Brüderlein und die kleine zweijährige Schwester unter sich. Keiner von ihnen überlebte.

Fahmida wusste nicht, wie lange sie auf dem Boden gelegen hatte, regungslos und wie gelähmt vor Entsetzen. Dort fand sie Alia, ihre ältere Schwester. Alia und Kamran, der älteste Bruder, waren unter den wenigen, die das Einstürzen der Schule überlebt und keine schweren Verletzungen davongetragen hatten. Aber Ibrar, der dritte in der Geschwisterreihe, war unter den Trümmern umgekommen.

Der Rest des Tages verlief für Fahmida wie im Nebel. Irgendwann begriff sie, dass ihr Vater noch am Leben sei, aber schwer verletzt. Und dass jemand in dem Schutthaufen, der ihr Heim gewesen war, nach der Mutter und den kleinen Geschwistern suchte. Später brachte Alia ihr Wasser zu trinken. Denn die stählernen Wasserleitungen, die das frische Trinkwasser aus den Bergen herableiteten, waren nicht geborsten.

Die Nacht verbrachten sie im Freien, alle drei Geschwister eng aneinandergedrückt, um sich gegenseitig warmzuhalten. Während Kamran am nächsten Tag weiter die Trümmer durchsuchte, nahm Alia Fahmida mit zum Vater. Alia gab ihm zu trinken, und Fahmida hockte sich neben ihn auf den

Boden. Stumm, aber mit heftig klopfendem Herzen, blickte sie in sein schmerzverzerrtes Gesicht.

Im Laufe des Tages erreichte sie die erste Hilfe seit dem Hauptbeben am gestrigen Morgen. Eine Gruppe von Ärzten aus dem fernen Deutschland eilte ins Tal und begann, sich um die Verletzten zu kümmern. Sie verbanden auch Vaters Wunden, schienten sein gebrochenes Bein und sorgten dafür, dass er in das nächstgelegene Krankenhaus transportiert wurde, das noch arbeiten konnte und nicht wie das hier im Tal eingestürzt war.

Einige Tage später schleppten pakistanische Soldaten Zucker, Kekse und andere trockene Lebensmittel herbei. Von weiteren ausländischen Helfern wurden ebenfalls Pakete mit Esswaren gebracht. An die vielen Leute, die ihre eigenen Sachen verloren hatten, wurde gebrauchte Kleidung verteilt.

Fahmida schüttelte sich, als sie in Gedanken das alles nochmals durchlebte. Sie schaute zu den Bergen auf der anderen Seite des Siran-Flusses hinüber. Über dem unteren bewaldeten Teil ragten die Hänge dort kahl, nackt und steil in die Höhe. Fahmidas Blick wanderte den Kamm entlang talaufwärts. In der Ferne blinkte bereits der erste Schnee auf den höheren Spitzen. Wie sollten sie es nur den Winter hindurch aushalten? Es war schon jetzt kalt genug. In wenigen Wochen würde der Schnee bis in die Talsohle vordringen. Ohne ausreichenden Schutz mussten sie alle erfrieren!

Um Fahmida herum lagen die meisten Häuser in Trümmern. Die Rahmen aus Holzstämmen, dazwischen dicke Feldsteine, mit Lehm verschmiert und abgedichtet, teilweise halb in den Hang hineingebaut – kaum eines dieser Gebäude hatte dem Erdbeben widerstanden. Wo sollten die Überlebenden den kommenden Winter überstehen?

Die Sonne blinzelte hinter einer Wolke hervor und ließ das Wasser des Siran-Flusses aufblitzen. Fahmida folgte dem gewundenen Flusslauf mit den Augen bis zur eingestürzten Brücke. In deren Nähe tranken ein paar Ziegen, die das Unglück überlebt hatten, von dem mittlerweile eiskalten Wasser.

„Ach, hier bist du, Fahmida!" Das Mädchen schrak heftig zusammen, als die Stimme ihrer großen Schwester so plötzlich hinter ihr ertönte. „Komm!" Alia half ihr hoch und fasste nach ihrer Hand. „Es sind neue Lastwagen angekommen, die uns Hilfe bringen!"

Zögernd ließ sich Fahmida von ihrer Schwester die Straße hinunterziehen. Da die Lastwagen wegen der Zerstörungen nicht bis zu ihnen fahren konnten, mussten sie ein gutes Stück talabwärts laufen, um sich die Hilfsgüter abzuholen. Als sie endlich dort ankamen, entdeckte Fahmida Kamran drüben bei den größeren Jungen.

Vor einem Lastwagen standen mehrere fremde Männer. Der eine sah zwar pakistanisch aus, trug aber nicht den vertrauten Punjabi, sondern fremdländische Kleidung. Die anderen drei kamen offenbar aus anderen Ländern. Bei ihrem Anblick versteckte Fahmida sich hinter Alia.

„Sei nicht albern!", schalt Alia leise. „Die tun uns nichts. Sie wollen uns nur helfen." Doch Fahmida traute sich nicht so recht und spähte nur vorsichtig hinter Alia hervor.

Der Fremde, der wie ein Pakistaner aussah, begann nun zu den Versammelten zu reden. Er sprach Urdu, ihre Heimatsprache, so dass sie ihn gut verstanden. „Wir sind Christen und haben von eurer Notlage gehört. Ich komme aus Lahore, und diese meine Freunde sind von weit her angereist, aus Deutschland. Sie wollen euch helfen, damit ihr besser durch den Winter kommt. Deshalb haben sie für euch winterfeste Zelte und warme Decken mitgebracht. Sie haben versprochen, wiederzukommen und noch mehr Hilfe zu bringen. Im nächsten Jahr wollen sie auch eure Schule wieder aufbauen."

Plötzlich spitzte Fahmida die Ohren. Denn nun erklang Kamrans Stimme: „Ihr seid Christen, wir sind es nicht! Warum tut ihr das alles für uns?"

„In diesem Monat feiern wir die Geburt von Gottes Sohn Jesus Christus", erklärte der pakistanische Fremde. „Gott gab uns seinen Sohn, um uns zu helfen, weil er uns so sehr liebt. Diese Liebe wollen wir weitergeben, indem wir anderen Menschen helfen. Wir tun das wegen Jesus, Gottes freier Liebes-Gabe an uns!"

5. Filipe
Lissabon, Portugal - 1978

Mit beiden Händen das Geländer umkrallend, stand Filipe am Aussichtspunkt Nossa Senhora do Monte. Stumm blickte der Siebzehnjährige auf das Häusermeer von Lissabon und die behäbigen Wasser des Tejo hinab. Ab und zu seufzte er tief auf. Nur noch eine Woche bis zum Weihnachtsfest! Welch ein warmes, fröhliches Familienfest war das daheim stets gewesen! Aber nun war alles nur leer in ihm, und nach Feiern war ihm nicht zumute. Er war ja ganz allein – allein in der Heimat seiner Vorfahren. An diesem Morgen hatte er zum ersten Mal seinen Fuß auf das Land gesetzt, das er nur aus den Erzählungen seiner Großmutter kannte.

Sie und der Großvater waren als junges Paar von hier nach Afrika ausgewandert, in die portugiesische Kolonie Mosambik. Im Süden des Landes nahe der Hauptstadt hatten sie Land urbar gemacht und eine Farm aufgebaut. Ihr ältester Sohn José, Filipes Vater, hatte die Farm übernommen, nachdem der Großvater gestorben war. Filipe und sein Schwesterchen Marisa waren dort geboren worden.

Es ging ihnen gut auf der Farm. Und nachdem die Kirche des Nazareners in ihrer Nähe eine neue Gemeinde gegründet hatte, fanden sie dort eine geistliche Heimat und genossen die Gemeinschaft mit den anderen Glaubenden. Nur der Tod der Großmutter hatte ihr Leben für eine Weile überschattet.

Doch dann erreichten sie beunruhigende Nachrichten. Das Volk erhob sich gegen die weißen Eroberer, und an immer neuen Orten flammten Kämpfe auf. Näher und näher zogen die Aufstände, und dann kam der schreckliche Tag, an dem der Vater getötet wurde.

„Geh, Filipe, und verbirg dich, bevor sie dich auch umbringen!", drängte die Mutter den mittlerweile Zwölfjährigen. „Versuch dich nach Süden durchzuschlagen – über die Grenze dort raus. Und sobald du kannst, geh zurück in unsere alte Heimat!"

„Nach Portugal? Allein? Und du? Und Marisa?"
„Ja, ja, nach Portugal! Und du musst allein gehen. Einer kann sich besser verstecken als drei. Ich werd versuchen, mit Marisa auch dorthin zu kommen. Aber nun geh, ehe es zu spät ist! Gott schütze dich, mein Junge!"

Filipe stöhnte unbewusst, als er daran dachte. „Was mag aus Mama und Marisa geworden sein? Wenn sie nur nicht auch umgekommen sind wie Papa und so viele andere! Hoffentlich haben sie es geschafft, das Land zu verlassen! Vielleicht sind sie ja sogar hier in Lissabon? Aber wenn ja, wo?! Und wie soll ich sie in dieser Riesenstadt finden?"

Die Tage und Wochen seiner Flucht aus Mosambik ins südlich angrenzende Südafrika – nein, darüber wollte er lieber nicht nachdenken. Bei einem holländischen Farmer hatte er schließlich nach langem Umherirren eine neue Bleibe gefunden. Nachdem er sich von den Entbehrungen der langen Wanderung leidlich erholt hatte, stürzte er sich mit aller ihm verbliebenen Energie in die Arbeit auf der Farm. Neben freier Unterkunft und freiem Essen erhielt er vom Farmer etwas Taschengeld. Eisern hatte er es gespart – über Jahre hinweg, bis er glaubte, genug Geld für die lange Reise gesammelt zu haben.

In Durban hatte er sich eingeschifft. Der Kapitän ließ ihn viele kleine Hilfsdienste verrichten, um die Reisekosten für ihn zu senken, damit er für den Neuanfang in der unbekannten Heimat wenigstens ein bisschen Geld übrig behielt.

Und nun stand er hier und blickte auf die Stadt seiner Vorväter. Nach der Ankunft am frühen Morgen war er kreuz und quer durch die Stadt gewandert, unschlüssig, wohin er sich wenden sollte. Seinen aufmerksamen Augen entging nicht, wie heruntergekommen manche Häuser in den schmalen und steilen Straßen der Altstadt wirkten. Aber er sah auch die Sauberkeit der Stadt, die Schönheit der prächtigen Kirchen und vieler anderer Gebäude. Besonders fielen ihm die zahllosen Kacheln auf, mit denen teilweise ganze Häuserfronten verziert waren, manche farbenfroh, viele andere aber auch in hübschen, blau-weißen Mustern und sogar richtigen großflächigen Bildern. Den Torre de Belém, von dem seine Großmutter ein Bild in ihrem Zimmer hängen gehabt hatte, hatte er bisher nur von Weitem gesehen.

Eine Weile färbte die tiefstehende Dezembersonne noch das Castelo de São Jorge mit einem warmen, rötlichen Schimmer, dann begann sich die Dämmerung auf die Stadt zu senken. Überall flammten Lichter auf. Filipe seufzte wieder. Dann begann er zu beten. Er bat Gott, ihn zu einer Kirche des Nazareners zu leiten, falls es das hier gäbe. „Und wenn möglich, lass mich doch bitte meine Mutter und Marisa finden, wenn sie noch leben!"

Mit hängenden Schultern wandte er sich dann um und wanderte bergab in den unteren Teil Lissabons. In der Rua Áurea blieb er abrupt stehen. Was war das? Über dem Verkehrslärm hörte er Singen. Das klang nach einem Weihnachtslied! Neugierig ging er den Tönen nach.

Wenige Schritte weiter öffnete sich die Häuserfront zu einem kleinen Platz. An dessen Ende ragte ein faszinierender, sechsstöckiger, erleuchteter Aufzug auf, der Fußgänger offenbar in die Oberstadt beförderte. Auf der Treppe zu Füßen des Aufzugs sang eine Gruppe Jugendlicher temperamentvoll ein Weihnachtslied nach dem anderen.

Andächtig hörte Filipe zu. Da entdeckte er einen Dunkelhäutigen unter den Jugendlichen. Vorsichtig schob er sich zwischen den Zuhörern hindurch in dessen Nähe. Nach dem letzten Lied mischten sich die Jugendlichen unter die Leute und verteilten Einladungen zu ihren Gottesdiensten.

Rasch trat Filipe auf den Dunkelhäutigen zu. „Bist du aus Afrika?" Und als der Junge nickte, fragte er weiter: „Von wo in Afrika?"

„Von den Kapverdischen Inseln. Warum fragst du?"

„Ich bin in Mosambik geboren und aufgewachsen. Aber wir mussten wegen der Aufstände fliehen. Dort hat meine Familie zur Kirche des Nazareners gehört, und ich hatte gehofft …"

„Zur Kirche des Nazareners?" Die Augen des Jungen begannen zu funkeln. Mit einem breiten Lächeln streckte er Filipe die Hand hin. „Ich heiße Marcos, und meine Freunde und ich gehören hier in Lissabon zur Kirche des Nazareners. Du bist uns herzlich willkommen!" Freudig erklärte er ihm dann den Weg und drückte ihm eine der Einladungen in die Hand.

Erwartungsvoll, aber auch etwas scheu schob Filipe sich am nächsten Morgen vorm Gottesdienst durch die Tür zum Kirchsaal. Marcos eilte ihm entgegen, begrüßte ihn und lotste ihn mit in eine der vorderen Reihen. Doch bevor er sich setzen konnte, ertönte ein lauter Schrei. „Filipe! Filipe! O mein Filipe!" Mit weit ausgebreiteten Armen stürzte eine Frau auf ihn zu, gefolgt von einem etwa vierzehnjährigen Mädchen.

„Mama, oh, Mama!", stammelte er, unfähig, sich zu rühren. Im nächsten Moment warf seine Mutter schluchzend ihre Arme um ihn, während das Mädchen seine Hand umklammerte.

Konnte das wahr sein? Träumte er vielleicht nur? Aber hatte er nicht gestern dafür gebetet? Und Gott hatte sein Gebet erhört! Er hatte seine Mutter wiedergefunden! Und seine Schwester dazu! Welch eine Freude! Welch ein wunderbares Geschenk! Ein Weihnachtsgeschenk! Nun würde er am folgenden Wochenende doch richtig Weihnachten feiern können. In seiner eigenen Familie! „Danke, Herr, mein Gott!", flüsterte er. „Danke! Danke!"

6. Kendrick
Vancouver, Kanada - 2013

„Mommy[2], wann kommen die denn endlich!" Der fünfjährige Kendrick stampfte mit dem Fuß, während er am Wohnzimmerfenster stand und hinausspähte. Das Erkerfenster gab ihm die Möglichkeit, in beide Richtungen die Straße zu überblicken.

„Da musst du noch ein bisschen Geduld haben, Kenny." Die Mutter sah auf die Uhr und rechnete. „Um zehn wollte Daddy Tante Betty in Merritt treffen. Da können sie vor eins kaum zurück sein."

"Warum ist Tante Betty nicht einfach bis hierher gefahrn?"

„Weil sie noch wieder zurück nach Kelowna musste. Onkel Colin muss ja am Montag noch arbeiten, und Tante Betty auch. Am Vierundzwanzigsten kommen sie dann auch zu uns, damit wir wie immer den Weihnachtstag und Boxing Day zusammen feiern können."

„Warum kommen Kathlyn, Roslyn und ... und Madlyn dann schon heut?"

Die Mutter schmunzelte. „Weil wir heut Abend etwas Besonderes mit euch allen machen wollen, nachdem der Wetterbericht mal zwei Tage ohne Regen angekündigt hat."

„Was Besonderes?" Kendrick wandte den Kopf. „Was denn?"

„Das verrate ich nicht." Sie legte ihm eine Hand auf die Schulter und gab ihm einen raschen Kuss auf die Wange. „Lass dich überraschen! Und nun muss ich Lunch vorbereiten; in etwa einer halben Stunde können sie hier sein. Und du weißt ja, dein großer Bruder hat immer einen Bärenhunger."

„Matthew?"

„Ja, natürlich! Du hast doch nur einen Bruder!"

Kendrick brummelte etwas Unverständliches vor sich hin und drehte sich wieder zum Fenster.

---

[2] „Mami" in amerikanischem Englisch

Viertel nach eins hielt der SUV des Vaters vor der Garage. Im Nu war das Haus von Lachen und Schwatzen erfüllt. Die Cousinen aus den Bergen waren alle drei nicht auf den Mund gefallen. Schon dass sie ein paar Tage vor den Eltern zu Onkel und Tante hatten kommen dürfen, war etwas Ungewöhnliches. Und die geheimnisvolle Ankündigung für den Abend steigerte ihre Aufregung noch mehr.

„Ich hab Santa Claus gesehn!", versuchte Kendrick auf sich aufmerksam zu machen. „Er hat sogar mit mir geredet und ..." Er brach ab, als die Mutter den Finger auf den Mund legte und er gleichzeitig unterm Tisch einen heftigen Stups von Matthew erhielt.

„Hab ja gar nichts verraten!", murmelte er. Die Mädchen hatten ihn ohnehin nicht beachtet. Aber beinahe hätte er doch erzählt, dass er gestern mit Mommy und Matthew im total überfüllten Einkaufszentrum gewesen war und sie dort drei Schals für die Cousinen gekauft hatten. Die Mutter wollte sie in die Weihnachtssocken der Nichten stecken, die zusammen mit denen ihrer beiden Söhne am Abend des 24. Dezember an den Kamin gehängt würden. Der Tradition nach würde in der Nacht Santa Claus mit seinem Rentierschlitten vorbeikommen, um sie mit leckeren Dingen wie Schokolade-Glocken, Nüssen, Plätzchen, Zuckerstangen und anderen süßen Sachen zu füllen. Aber Kendrick wusste schon, dass es die Eltern waren, die dann auch noch einige praktische Dinge wie besondere Stifte, Zahnbürsten, Taschentuch-Päckchen und dergleichen und außerdem ein kleines Geschenk dazusteckten. Im vorigen Jahr hatte er ein paar kleine Autos bekommen und Matthew sogar eine Musik-CD. Während die Mutter gestern solche Überraschungen besorgt hatte, durfte Kendrick neben dem riesigen, geschmückten Weihnachtsbaum bei Santa Claus stehen. Allerdings nur, weil Matthew bei ihm blieb und ihn nicht von der Hand ließ. Die Mutter wusste, dass sie sich auf ihren zehnjährigen Ältesten verlassen konnte.

Noch bevor es zu dämmern begann, stiegen alle sieben nachmittags ins Auto. Matthew zog Kendrick mit nach hinten auf die zusätzlichen Sitze im hinteren Teil des SUVs, damit ihre Gäste die drei Plätze auf der normalen Rückbank haben konnten. In den Gärten neben der Straße leuchteten fast überall Figuren aus zahlreichen Lichtern: Weihnachtsmänner, Sterne, Tannenbäume, unterschiedliche Tiere und anderes mehr. Als der Wagen um die erste Ecke bog, tauchte an Kendricks Seite ein großer Schlitten mit neun Rentieren davor auf, dazu im Schlitten ein Weihnachtsmann mit etlichen Paketen – alles aus Lichterketten. Kendrick wusste, dass sich seine Stimme nicht gegen drei schwatzende Mädchen durchsetzen konnte, um seine Eltern zu fragen. So zerrte er an Matthews Arm, zeigte auf das Lichtergespann und rief: „Welches davon ist Rudolph?"

Matthew grinste. „Der Anführer natürlich! Vorne der erste; der ist das Leittier!"

„Ach so!" Kendrick drehte sich um und reckte seinen Hals, um noch einen Blick auf das wichtige Tier zu erhaschen. Aber es war schon zu weit hinter ihnen, um es von den anderen noch zu unterscheiden. So schaute er seitlich hinaus auf all die anderen Lichterfiguren, Lichterketten an Dachrinnen, um Fenster und Türen, um Bäume geschlungen und manches mehr. Dann fiel ihm etwas ein, und er zupfte seinen Bruder am Ärmel. „Wieso ist da nirgends 'ne Krippe mit Maria und Josef? Daddy hat gesagt, wir feiern Weihnachten, weil das Jesuskind geboren wurde."

Matthew zuckte mit den Schultern. „Keine Ahnung! Vielleicht wissen das die Leute nicht."

Inzwischen hatte der Vater die Autobahn erreicht, und für kurze Zeit konnte er schneller fahren. Sie hatten jedoch kaum den Fraser River überquert, als ihn der dichter werdende Verkehr zum Abbremsen zwang. Schon vor der Brücke nach North Vancouver standen sie mehrere Minuten im Stau. Das ganze restliche Stück zum Panorama-Park ging nur stockend voran, und als sie den dortigen Parkplatz erreichten, war er bereits überfüllt. So mussten sie erst eine Weile suchen. In einer Nebenstraße fanden sie schließlich noch ein Plätzchen.

„Kenny, du kommst an meine Hand und bleibst da!", gebot der Vater, nachdem sie ausgestiegen waren. „Ihr andern hakt euch ein und sorgt dafür, dass wir zusammenbleiben und uns nicht im Gewühl verlieren!"

„Was machen wir hier?", fragten Kathlyn und Roslyn gleichzeitig.
„Die Carolship Parade of Lights anschauen."
„Was ist das?", wollte Madlyn wissen.
„Das wirst du bald sehn. Aber erst müssen wir ein Stück laufen, da wir keinen Parkplatz direkt am Park gefunden haben. Passt auf, dass wir zusammenbleiben!", mahnte er nochmals. Kendrick fest an die Hand nehmend, ging er voraus, die anderen dicht hinter ihm. Einige Zeit mussten sie durch die mittlerweile nachtdunklen Straßen eilen. Schon von Weitem hörten sie Musik, und je näher sie dem Park kamen, desto stärker roch es nach Essen.

„Daddy, ich möcht 'n paar French Fries", bettelte Kendrick, nachdem sie die ersten Stände erreicht hatten. Der Vater wandte sich um. „Was meinst du dazu, Peggy?"

Seine Frau zuckte die Schultern. „Lass besser alle welche haben. Sonst geben sie ja doch keine Ruhe."

Erst nachdem alle fünf Kinder ihre Pommes frites verzehrt und daher die Hände wieder frei hatten, versuchten sie sich näher zum Ufer vorzuarbeiten. Doch ein Ausruf von Roslyn hielt sie auf. „Face painting! Oh, dürfen wir?"

Der Vater seufzte. „Nur wenn es schnell genug geht! Wir wollen die Parade nicht verpassen!"

Da auch viele andere Kinder die Gesichter bemalt haben wollten, reichte die Zeit gerade eben für die Mädchen. Matthew wollte ohnehin nicht. Kendrick verzog zunächst den Mund, war aber gleich versöhnt, als der Vater ihn auf seine Schultern hob. Dann schoben sie sich eilig durch die Menschenmenge, bis sie am nördlichen Rand des Parks ein Fleckchen fanden, wo sie aufs Wasser schauen konnten.

Es war keinen Augenblick zu früh. Das führende Schiff war bereits an der Stelle vorbei, aber noch gut zu erkennen. Ein Schiff nach dem anderen glitt an ihnen vorüber, jedes mit unzähligen Lichtern in vielen Farben geschmückt, die sich im dunklen Wasser spiegelten. Der Anblick war so atemberaubend schön, dass anfänglich sogar die Mädchen ihren Mund hielten. Erst als mindestens ein Dutzend der leuchtenden Schiffe an ihnen vorbeigeschwommen waren, begannen sie sich ihre Beobachtungen zuzurufen, um über die Musik hinter ihnen im Park verstanden zu werden. „Guckt mal, die haben alles in rosa!" – „Und da ist ein ganz dickes Boot mit Lichtern auf mehreren Stockwerken ganz rundrum!" – „Guckt mal das Segelschiff da! Wie ein Tannenbaum aus Lichtern!" – „Ja, und da kommen ganz viele Segelboote auf einmal, die sehn aus wie lauter spitze Pyramiden!"

Kendrick hatte der Parade eine geraume Zeit stumm zugesehen. Doch plötzlich beugte er sich zum Ohr seines Vaters hinunter. „Daddy, warum ham die alle so viele Lichter?"

„Na ja, weil Weihnachten ist! Das Licht deutet auf Jesus hin. Er hat von sich gesagt, er sei das Licht der Welt. Darum zünden wir am Weihnachtsfest alle so viele Lichter an. Du weißt doch, warum wir Weihnachten feiern, nicht wahr?"

„Ja, da ist Jesus zu uns auf die Welt gekommen." Mit neuem Interesse verfolgte Kendrick den Fortgang der Parade. Bis die über siebzig dekorierten Schiffe an ihnen vorbeigezogen waren, wurde es ziemlich spät.

Als sie schließlich wieder im Auto saßen, fasste Kathlyn zusammen, was sie alle dachten. „Wunderschön war das! Vielen Dank, Onkel Gordon!"

7. Gergana
Sofia, Bulgarien – ca. 1998

Das Auto holperte langsam über die unebenen Straßen Sofias, der Hauptstadt Bulgariens. Laura schaute gespannt aus dem Fenster. Der Wind schien stärker zu werden. Denn die Zweige der Bäume in den Gärten schaukelten immer heftiger. Im nächsten Augenblick schrie Laura auf: „Es schneit! Mama, Papa, guckt doch bloß, es schneit!"

Tatsächlich! Erst schwebten nur ein paar einzelne Flocken nieder, aber ziemlich schnell kamen mehr nach. Und noch mehr! Bald tanzten so viele dicke Flocken durch die Luft, dass Laura die Häuser am Straßenrand kaum noch erkennen konnte.

„Das sieht nach einem Schneesturm aus!", murmelte der Vater und schaltete die Scheibenwischer ein. „Na, zum Glück haben wir's ja nicht mehr weit." Doch die mittlerweile fast waagerecht heranjagenden Schneeflocken zwangen ihn, immer langsamer zu fahren, so dass sie noch über eine halbe Stunde brauchten, bis sie endlich vor dem Waisenhaus hielten.

Kaum war die Mutter ausgestiegen und hatte Lauras Tür geöffnet, da waren sie schon von einer Gruppe jauchzender, lachender Kinder umringt. „Sie sind da! Sie sind da!", schrien sie alle durcheinander, und jeder wollte zuerst bei Lauras Eltern sein. Die Kleineren hängten sich den Besuchern an die Arme, damit sie nicht von den Größeren beiseite gedrängt wurden.

Laura hatte vom Auto aus verwundert zugesehen. Für sie war dies der erste Besuch im Waisenhaus. Bald fiel ihr auf, wie ärmlich die Kinder gekleidet waren. Keines trug einen Mantel oder Anorak oder wenigstens eine warme Jacke. Und die meisten besaßen offenbar auch keine Schuhe. Laura sah an ihrem schönen warmen Wintermantel hinunter auf die gefütterten Stiefel, und sie schüttelte sich, als friere sie.

Plötzlich bemerkte sie etwas abseits ein Mädchen, das ein bisschen kleiner schien als sie. Es stand zitternd im Schneetreiben und blickte verlangend zu Lauras Mutter hinüber, traute sich aber wohl nicht in das Gedränge hinein. Laura rutschte aus dem Auto, schob sich auf das Mädchen zu und fragte: „Wie heißt du? Und wie alt bist du?"

Mit großen braunen Augen schaute das Mädchen auf Laura und antwortete nicht. Aber eines der größeren Mädchen drehte sich um und rief grinsend: „Das ist Gergana. Sie ist sieben und redet nur, wenn es ihr passt."

Unsicher starrte Laura auf Gergana und stotterte: „Ich ... ich bin auch sieben. Bist du ... schon lange hier?"

Gergana blickte Laura nur stumm an. Dann schüttelte sie langsam den Kopf.

Die Direktorin des Waisenhauses schickte die Kinder zurück ins Haus und nahm Lauras Familie zunächst mit in ihr Büro, wo sie Kaffee zu trinken bekamen. Während die Erwachsenen sich unterhielten, wippte Laura mit dem Fuß. Sie wollte endlich zu den Kindern. Immerfort musste sie an Gergana denken.

Schließlich wurden sie in die Turnhalle geführt, die für die Weihnachtsfeier als Festhalle diente. Alle Kinder saßen bereits dort und warteten auf ihre Gäste. Der dünne, schiefe Tannenbaum an der vorderen Wand war übervoll mit einfachen Dingen dekoriert, die die Kinder selbst gebastelt hatten. Der Tisch daneben war von rot-weißem Papier bedeckt. Darauf stapelten sich die vielen Pakete, die Lauras Eltern mitgebracht hatten. Laura hatte gesehen, wie die Pakete vor ein paar Tagen aus einem großen Lastwagen ausgeladen worden waren. Während die Mutter sie in hübsches Weihnachtspapier wickelte und mit bunten Schleifen verzierte, hatte sie Laura erzählt, dass Leute weit weg in einem anderen Land sie für die armen Menschen in Bulgarien geschickt hatten.

Vor diesen Päckchen lagen noch zahlreiche Süßigkeiten und andere kleine Sachen. Laura zupfte ihre Mutter am Ärmel, zeigte darauf und fragte flüsternd: „Ist das auch von weither gekommen?"

„Nein", flüsterte die Mutter zurück, „das haben Geschäfte hier in Sofia für die armen Waisenkinder gespendet. Aber nun sei still; das Programm fängt an."

Die Kinder führten, nach Altersgruppen geordnet, kleine Theaterstücke auf, sangen Lieder und sagten Gedichte auf, die sie zum Teil selbst gemacht hatten. Dann ging die Tür auf und ...

„Väterchen Weihnachten!" wisperten die Kinder. Aber Laura hielt sich schnell die Hand vor den Mund. Denn beinahe hätte sie laut „Papa!" gerufen. Zu Hause hatte sie ja gesehen, wie ihr Vater den roten Kapuzenmantel mit dem weißen Pelzkragen anprobiert hatte, und sie wusste genau, wer unter der Verkleidung steckte.

Hinter Lauras Vater trippelte eine Frau in einem weißen Kleid, das mit lauter weißen sternartigen Gebilden vollgesteckt war. Auf dem Kopf trug sie eine Krone aus weißem Papier. „Mama", flüsterte Laura, „wer ist denn das?"

„Das ist Mütterchen Frost", flüsterte die Mutter zurück. Dann stand sie auf, ging nach vorn und hielt eine kleine Ansprache. Sie erklärte den Kindern, dass die Menschen sich zu Weihnachten gegenseitig Geschenke geben, weil sie sich an Gottes Geschenk erinnern. Dieses Geschenk ist das Baby Jesus, das Gott zu Weihnachten auf die Erde geschickt hat.

Anschließend stellten sich die Kinder in einer langen Reihe auf, um an „Väterchen Weihnachten" und „Mütterchen Frost" vorbeizugehen. Der Weihnachtsmann übergab jedem Kind eines der aufgestapelten Päckchen und etwas von den Süßigkeiten, und dann wünschte Frau Frost ihnen ein glückliches neues Jahr.

Erst als alle Kinder wieder auf ihren Plätzen saßen, durften sie ihre Geschenke öffnen. Eifrig lösten sie das bunte Papier ab und staunten und jauchzten über alles, was da zum Vorschein kam.

Plötzlich stieß Laura ihre Mutter an und zeigte auf Gergana. Das kleine Mädchen saß da und blickte mit glänzenden Augen auf das Päckchen, ohne es zu öffnen. Die Mutter nahm Laura bei der Hand, ging mit ihr zu Gergana hinüber, beugte sich zu dem Kind hinunter und fragte: „Soll ich dir beim Auspacken helfen?"

Gergana schüttelte langsam den Kopf und flüsterte: „Es ist so wunderschön! Ich hab noch nie etwas so Schönes gesehen!"

„Aber du musst es auch aufmachen!", ermunterte Lauras Mutter. „Da ist etwas ganz Besonderes für dich drin!"

Mit weit aufgerissenen Augen blickte Gergana auf: „Du meinst, da ist noch mehr?"

Laura schaute mit offenem Mund zu, wie Gergana ganz langsam und vorsichtig das Geschenkpapier entfernte und dann sprachlos in das Päckchen starrte. Auf dem Heimweg fragte Laura ihre Mutter, warum das Waisenmädchen so seltsam reagiert hatte.

„Weißt du, Gergana hat in ihrem ganzen Leben noch nie ein Geschenk erhalten, schon gar nicht eines, das hübsch verpackt war. Und daher hat sie das schöne Papier und die Schleife für das Geschenk gehalten."

„Aber das innen drin ist doch das Wichtigste und Schönste!", widersprach Laura. „Das andre ist doch bloß drumrum!"

Die Mutter schwieg einen Augenblick. Dann sagte sie: „Sieh, Laura, so wie Gergana mit ihrem Geschenkpäckchen machen es viele Leute mit Weihnachten: Sie achten nur auf das Drumherum und begreifen nicht, dass der Inhalt des Festes, nämlich dass Gott im Baby Jesus zu uns kam, viel wichtiger und schöner ist. Das ist das eigentliche Weihnachten!"

Diese Geschichte basiert auf einer wahren Begebenheit.

8. Pedro
Ekuador – ca. 2003

„Wo fahrn Se'nn hin?"

Hernando blickte auf den etwa zehnjährigen, etwas zerlumpt aussehenden Jungen hinunter, der da urplötzlich neben seinem Lkw aufgetaucht war. Es war noch früh am Morgen; das Dunkel der Nacht war gerade erst dem jungen Tageslicht gewichen, und Hernando wollte soeben einsteigen, um sein Ziel vorm nächsten Dunkelwerden erreichen zu können. „Warum willst du das denn wissen?"

„Weil ich ... vielleicht mitfahrn könnt."

„Wo willst du denn hin?"

„Weiß nich genau." Der Junge zuckte mit den Schultern. Dann platzte er heraus: „Irgendwohin, was weit weg is von Guayaquil. Die Stadt stinkt mir!"

Hernando grinste. „Warum das?"

„Ach, wegen allem und überhaupt! Aber das Schlimmste sind die Cucarachas [3]. Nach jedem Mordsregen is die Stadt überschwemmt, nich bloß von Wasser, sondern auch von den blöden Viechern. Man findet nich ma mehr nen anständigen Schlafplatz."

„Schlafplatz? Hast du denn kein Zuhause?"

Der Junge senkte den Kopf, scharrte mit den nackten Füßen am Boden herum und murmelte: „Nä, nich mehr."

„Hast du denn keine Eltern?"

Er schüttelte nur den Kopf.

„Und andere Verwandte? Onkel? Oder Tante?"

Erneutes Kopfschütteln.

„Wie heißt du eigentlich?"

„Pedro."

„Und weiter?" Hernando war leicht zusammengezuckt, ließ sich aber nichts anmerken.

„Weiß nicht. Is doch egal."

---

[3] schwarz glänzende Riesenkakerlaken

„Mir aber vielleicht nicht!" Hernando schaute nachdenklich auf den immer noch gesenkten Kopf des Jungen. Sprach er die Wahrheit? Er sah nicht danach aus, als würde jemand für ihn sorgen.

„Was willst du denn da machen, wo du hinkommst?"

Pedro zuckte wieder mit den Schultern. Dann hob er den Kopf und blickte Hernando mit schmerzlich verzogenem Gesicht an. „Die andern Jungs aufer Straße wolln mich nich. Ich bin denen nich gut genug."

„Nicht gut genug? Wie soll ich das verstehen?"

„Na ja, die klaun halt und so was, für was zu essen und so, und ... und haun auch mal drauf. Aber das ... kann ich nich."

Hernando fühlte Erbarmen. Und nicht nur das. Irgendetwas an dem Jungen rührte sein Innerstes an. Er öffnete die Fahrertür. „Los, steig ein und rutsch durch. Wir können beim Fahren weiterreden. Ich möcht gern vorm nächsten Regen die Berge erreichen."

Wie ein Wiesel war Pedro die Stufen hinauf und über den Fahrersitz auf den Beifahrersitz geklettert. Hernando schwang sich nach und hinters Steuer, schlug die Tür zu und ließ den Motor an.

Während der schwere Lastwagen sich durch die Drei-Millionen-Stadt quälte, stand die Unterhaltung zwischen den beiden still. In dem dichten Verkehr musste Hernando sich aufs Fahren konzentrieren. Er sehnte sich danach, aus dem feuchtheißen Küstenstreifen in das wesentlich angenehmere Klima der Anden zu kommen. Und zum nahen Weihnachtsfest nicht mehr unterwegs zu sein.

Pedro wandte leicht den Kopf, um aus dem Augenwinkel den Mann zu betrachten, der so freundlich mit ihm geredet hatte wie seit Langem niemand mehr. Konnte er ihm trauen? Seit seine Mutter gestorben war, hatte er niemanden mehr gehabt, dem er sich anvertrauen konnte. Von seinem Vater wusste er nichts; seine Mutter hatte ihn nie erwähnt.

Zunächst antwortete er ausweichend auf alle Fragen, die Hernando ihm stellte, nachdem sie dem chaotischen Verkehr der Stadt endlich entronnen waren. Am Fuß der West-Kordilleren nahe der kleinen Stadt Bucay legten sie eine Pause ein. Bevor Hernando sein mitgebrachtes Essen mit dem

Jungen teilte, neigte er den Kopf und dankte mit eigenen Worten seinem Gott für die gute Versorgung. Pedro starrte ihn an und blinkerte dann mehrmals. Es erinnerte ihn lebhaft an seine Mutter, die auch vor jeder Mahlzeit gebetet hatte, allerdings mit einem auswendig gelernten Spruch. Das einfache Gebet und die Freigebigkeit des Lkw-Fahrers berührten Pedro und schwemmten ein großes Stück seines Misstrauens davon.

Auf der Weiterfahrt in die Berge hinauf begann Pedro sich intuitiv zu öffnen; er wusste selbst nicht recht warum. Dem Mann offenbarte sich eine verletzte und vernachlässigte Kinderseele, die sich vor der Zukunft fürchtete und nicht recht wusste, wie es weitergehen sollte.

In Riobamba erreichten sie das Hochtal zwischen den beiden Bergzügen der Anden, auch „Straße der Vulkane" genannt. Pedro wies auf einen hohen Berg schräg rechts vor ihnen, aus dem Rauch aufstieg. „Is das der Cotopaxi?"

„Nein, der ist noch ein Stück weiter nördlich. Aber wir kommen auch an dem vorbei."

„Raucht der auch?"

„Im Moment nicht. Aber wann er wieder anfängt, kann niemand genau sagen. Der Tungurahua hier raucht schon etliche Jahre. Bis wir in Quito ankommen, wirst du noch mehrere Vulkane zu sehen bekommen. Übrigens geht nördlich von Quito der Äquator vorbei, der die Welt in Nord und Süd teilt. Deshalb heißt unser Land Ekuador. Wusstest du das?"

„Nä, das wusst ich nich."

„Weißt du, dass in drei Tagen Weihnachten ist?"

„In drei Tagen?" Pedro schluckte und ließ den Kopf hängen. „Hab ich vergessen gehabt."

In Ambato legten sie nochmals eine Pause ein, und Hernando kaufte für sich und Pedro etwas zum Essen und Trinken. Während der Junge mit vollen Backen kaute und die reichliche Mahlzeit offensichtlich genoss, betrachtete der Mann ihn immer wieder intensiv. Erst als Pedro sich als völlig satt erklärte, drehte er den Zündschlüssel im Schloss und lenkte den Laster zurück auf die Straße. Kurz vorm Dunkelwerden erreichten sie schließlich Quito.

Hernando fuhr den Lkw auf den Parkplatz der Firma, für die er arbeitete, und stellte den Motor ab. Dann wandte er sich dem Jungen zu. „Was willst du jetzt tun?"

Pedro zuckte mit den Schultern. „Weiß nich. Werd mich wohl erst ma inner Stadt umgucken."

Der Fahrer betrachtete ihn einen Moment forschend. „Pedro", sagte er dann leise, „ist dein Nachname López?"

Heftig zuckte der Junge zusammen und starrte auf seinen Wohltäter. „Woher weißt du das?" Vor Überraschung vergaß er die Höflichkeitsanrede.

Hernando antwortete nicht, sondern fragte weiter: „Hieß deine Mutter Catalina?"

„Ja." Pedros Stimme war nur ein Hauch. In seinen Augen flackerte Erschrecken und Angst.

„Und bist du am 12. November 1993 in Porotillo geboren, ein Stück nördlich von Guayaquil?"

Aus dem Gesicht des Jungen war alle Farbe gewichen, als er stumm nickte. Dann drehte er sich hastig zur Tür hin. Doch der Mann ergriff seinen Arm und rief: „Warte! Lauf nicht davon! Lass mich dir wenigstens erklären, woher ich das weiß."

Zögernd wandte sich ihm Pedro wieder zu, schaute ihn jedoch nicht an. Mit gesenktem Kopf wartete er, dass Hernando weitersprach.

„Hör zu, Pedro! Ich heiß auch López mit Nachnamen. Und ich hatte einen Sohn, damals noch ein Baby, der hieß Pedro. Aber zu der Zeit war ich arbeitslos, oft betrunken, und eines Tages verließ ich meine Frau und das Baby, weil ich nicht mehr aus noch ein wusste. An die Jahre danach mag ich gar nicht mehr denken; sie waren einfach nur scheußlich. Aber vor etwa vier Jahren bin ich Menschen hier in Quito begegnet, die Gott kannten. Nicht bloß so theoretisch, sondern die eine richtige Beziehung zu ihm hatten. Sie redeten ständig von Jesus. Es ist eine lange Geschichte; ich kann sie dir später erzählen, wenn du sie hören willst. Vor zwei Jahren hab ich dann Frieden mit Gott gemacht, aufgehört, Alkohol zu trinken, und ein paar Monate später diesen Job als Lkw-Fahrer bekommen. Und dann hab ich mich an meine Familie erinnert. Nach langer Suche musste ich erfahren, dass meine Frau mittlerweile gestorben war. Und von meinem Sohn fehlte jede Spur. Seither hab ich jeden Tag dafür gebetet, dass ich ihn wiederfinde." Er räusperte sich heftig. „Ich glaub, heut wurde mein Gebet erhört."

Während er sprach, kam Pedros Kopf immer höher. Die Augen groß und rund, starrte er ihn nun an. „Is ... das ... wahr?"

„Ja, Pedro! Du bist mein Junge! In deinem Gesicht hab ich auch Ähnlichkeit mit deiner Mutter gefunden. Und mit mir. Ich kann's kaum fassen, dass ich dich wirklich wiederhabe! Das ist das allerschönste Weihnachtsgeschenk, das ich mir vorstellen kann! Und, nicht wahr, jetzt kommst du mit mir und bleibst bei mir? Es tut mir schrecklich leid, dass ich euch damals im Stich gelassen hab, und ich möcht dich dafür um Verzeihung bitten."

Pedro konnte den Blick nicht abwenden. Seine Augen glänzten feucht, und er schniefte. Noch einen Augenblick zögerte er, als müsse er das Gehörte erst fassen, erst einordnen. Dann warf er sich dem Mann in die Arme. „Papa, mein Papa!" Mehr brachte er nicht heraus. Doch die Art, wie er seinen Vater umklammert hielt, sprach mehr als alle Worte.

9. Eruera
Wanaka, Neuseeland – ca. 2004

Abrupt fuhr Eruera[4] aus dem Schlaf auf. Was war das? Es klang, als ob jemand das Dach heruntergerutscht und es darauf angelegt hatte, dabei möglichst viel Lärm zu verursachen. Wenig später hörte Eruera trillerndes Gekicher aus dem Garten. Er horchte. Wieder dieses Kichern. Das mussten Keas sein, die kecken, neugierigen, verspielten Nestorpapageien, die hier in den Bergen der Südinsel von Aotea-roa wohnten, dem Land der langen weißen Wolke, wie die Maoris Neuseeland nannten.

„Aber wir haben doch jetzt Sommer!", dachte Eruera. „Daddy hat gesagt, sie lieben die Kälte und kommen höchstens um den Juli herum mal weiter herunter. Was wollen die dann im Dezember hier unten in Wanaka?" Eine Weile horchte er noch auf das Kichern und Rumoren da draußen, dann schlief er wieder ein.

Am nächsten Morgen genoss die Familie ein gemütliches Frühstück. Das Weihnachtsfest lag nur noch wenige Tage entfernt, das Schuljahr war zu Ende, die großen, sechswöchigen Ferien lagen vor ihnen, und selbst der Vater, der an der örtlichen Grundschule lehrte, musste nicht mehr früh aus dem Haus. Als pakeha – Weißhaut – hatte Stephen Sheridan eine wahine, eine Maori-Frau namens Hinetitama geheiratet. Darum trugen alle vier Kinder zwei Vornamen, einen Maori und einen englischen, der dem Maori-Namen in der Bedeutung entsprach.

„Ihr habt uns immer noch nicht verraten, wo wir diesmal in den Ferien hinfahren", wandte Aoatea Dawn, mit 14 Jahren die Älteste in der Geschwisterreihe, sich an die Eltern.

„Ach ja, haben wir das nicht?" In den Augen des Vaters tanzte ein spitzbübisches Funkeln. „Wir haben gedacht, in diesem Jahr ..." – er hielt inne und blickte sich schmunzelnd in der Runde um – „... bleiben wir mal zu Hause."

---

[4] In der Maorisprache wird jeder Vokal einzeln gesprochen

Sogleich erhob sich Protestgeschrei von den drei älteren Kindern. Nur Anahira Angela, das dreijährige Nesthäkchen, schaute erst verwundert von einem zum andern, bevor sie mit einstimmte.

„Daddy, du machst nur Spaß; das glauben wir nicht", rief Aoatea, als das Geschrei weniger wurde.

Die nur ein Jahr jüngere Airini Irena schaltete sich ein, bevor der Vater auch nur den Mund öffnen konnte. „Ich möcht endlich mal auf die Nordinsel nach Rotorua, wo die Geysire und heißen Quellen sind. Wir haben in der Schule darüber gesprochen. Darin zu baden ist ganz toll!"

„Bloß nicht!", wehrte Aoatea ab. „Da sind auch viele Schwefelquellen; die stinken erbärmlich, wie faule Eier." Sie schüttelte sich heftig zur Bestätigung.

„Dann eben in den Tongariro-Nationalpark ..."

„O nein!" Aoatea hob beide Hände, als sie ihrer Schwester das Wort abschnitt. „Willst du dich von Asche überschütten lassen? Erst vor wenigen Jahren sind die Vulkane dort alle drei wieder mal ausgebrochen; du warst sogar schon geboren. Da haben sie Asche über die halbe Nordinsel verstreut. Danke, so was brauch ich nich'!"

„An allem hast du was auszusetzen! Hast du vielleicht 'nen bess'ren Vorschlag?" Airini warf ihrer ältesten Schwester einen bösen Blick zu.

„Hab ich durchaus! Ich würd mal gern ans Meer und die Pohutakawa-Bäume in voller Blüte sehn. Das soll alles knallrot leuchten und ganz toll ..."

„Bäume angucken! So was Blödes!" Airinis Stimme troff vor Verachtung.

Der achtjährige Eruera Edward stopfte eilig den Rest seines Frühstücks in sich hinein und schlüpfte dann unbeachtet aus dem Raum. Sollten sich seine beiden großen Schwestern doch miteinander streiten. Dann ließen sie wenigstens ihn mal zur Abwechslung in Ruhe. Er war ihre ständigen Erziehungsversuche so leid! Und seinen Wunsch, mal den Fjordland-Nationalpark im Südwesten der eigenen Insel zu erkunden, würden sie bestimmt beide nicht akzeptieren.

Neugierig schlenderte Eruera in den Garten. Er wollte sehen, was die nächtlichen Ruhestörer angerichtet hatten. Ob es wirklich Keas gewesen waren? Im warmen Sommersonnenschein erschien ihm das doch recht unwahrscheinlich.

Mitten im Garten fand er Anahiras Puppe Reka. Offenbar hatte das kleine Mädchen sie gestern nach dem Spielen vergessen. Aber wie sah die arme Puppe aus! Das hübsche Kleidchen hing nur noch in Fetzen, und statt der braunen Schlafaugen mit den langen Wimpern gähnten leere Höhlen. Eruera hob das Püppchen vorsichtig auf und stellte dabei fest, dass ein Arm und beide Beine ausgerissen waren. Und der Körper war übersät mit kleinen Dellen und Löchern. Hatten die Keas die Puppe mit ihren starken Schnäbeln bearbeitet?

Nachdenklich starrte Eruera auf das misshandelte Puppenkind. „Was wird Anahira nur dazu sagen? Sie wird sicher bitterlich weinen und furchtbar traurig sein." Aber das wollte Eruera unbedingt verhindern. Denn er liebte sein kleines Schwesterchen zärtlich. „Was könnt ich tun? Ist da überhaupt noch was dran zu retten?"

Plötzlich durchfuhr ihn eine Idee. Hastig sammelte er alle Teile auf, schob sie unter sein T-Shirt und schlich sich aus dem Garten, ohne dass seine Eltern oder Schwestern etwas davon merkten. Zehn Minuten später klingelte er am Haus des Pastors. Mrs. Parker, die Frau des Pastors, öffnete, begrüßte ihn herzlich und lud ihn ein hereinzukommen. Im Flur holte er die Puppenteile hervor und erklärte, warum Reka so schrecklich zugerichtet war. „Kann man die Puppe wieder ganz machen? Und vielleicht auch ein neues Kleidchen machen? Ich hab noch 'n paar Dollar; die will ich gern dafür hergeben."

„Das ist sehr lieb von dir, Edward. Komm mit ins Büro zu meinem Mann. Da wollen wir uns die Bescherung genau ansehen und beraten, was wir tun können. Ich selbst hab jetzt so dicht vor Weihnachten nicht viel Zeit. Aber meine Mutter hilft bestimmt, ein neues Kleidchen zu nähen. Komm nur!"

Eine halbe Stunde später rannte Eruera pfeifend heimwärts. Zu seiner Rechten blinkte der Wanaka-See in der Vormittagssonne. Schräg dahinter ragte der Berg Aspiring auf, der dem Nationalpark hier den Namen gegeben hatte. Weiße Segelboote glitten über das Wasser. Über dem Jungen schwebten einige Drachenflieger, während er wandernde Touristen überholte. Er achtete nicht darauf. In Gedanken war er noch bei Parkers. Das hatte er ja gewusst, dass sie ihn nicht im Stich lassen würden. Wie liebevoll kümmerte sich das Pastorenehepaar stets um ihre kleine Gemeinde. Übermorgen, am Tag vorm Fest, sollte er wieder vorbeikommen. Bis dahin hofften sie, alles in Ordnung gebracht zu haben.

Als er sein Elternhaus betrat, wurde er von seinem Vater empfangen. „Was fällt dir ein, einfach davonzulaufen, ohne Bescheid zu geben? Wo warst du? Deine Mutter hat sich solche Sorgen gemacht!"

Erueras Freude sank zusammen wie ein gestochener Luftballon. Er ließ den Kopf hängen und murmelte: „Tut mir leid!"

„Du bekommst zur Strafe am Weihnachtstag keinen Plumpudding. Damit du dir das merkst, dass du nicht einfach abhauen kannst, wann es dir gerade passt. Jetzt geh zu Mummy[5] und entschuldige dich!"

„Ja, Daddy!" Eruera schlurfte langsam in die Küche. Das war eine harte Strafe. Plumpudding gab es nur zu Weihnachten, und er aß ihn doch so gern. Aber er wollte nichts von der kaputten Puppe verraten.

Zwei Tage später saß Eruera in seinem Zimmer und überlegte, ob er lieber seine Mutter oder lieber den Vater um Erlaubnis fragen sollte, damit er die hoffentlich reparierte Puppe abholen konnte. Er wollte sie unbedingt vor dem morgigen Weihnachtsfest seiner kleinen Schwester geben, damit sie nicht mehr so traurig war. Schon einige Male hatte sie nach ihrer Puppe geweint, sich aber stets ablenken lassen.

Während er noch überlegte, klingelte es an der Haustür. Eine Weile später rief seine Mutter nach ihm. Neben ihr stand Mrs. Parker, und auf dem Tisch lag ein großes Paket. „Ich musste ohnehin hier in der Nähe vorbei", erklärte die Pastorenfrau, nachdem sie ihn begrüßt hatte. „Da hab ich gedacht, ich erspar dir den Weg."

---

[5] „Mami" in britischem Englisch

Sobald sie gegangen war, schloss Hinetitama ihren Sohn in die Arme. „Jetzt weiß ich, wo du neulich so heimlich hingelaufen bist. Mrs. Parker hat mir alles erzählt. Das war sehr lieb von dir, so für deine kleine Schwester zu sorgen. Und natürlich bekommst du morgen deinen Anteil vom Plumpudding. Und ein extra-großes Stück vom Truthahn. Aber, nicht wahr, in Zukunft sagst du mir trotzdem Bescheid, wenn du irgendwo hingehen musst?"

„Ja, Mummy! Mach ich! Ganz bestimmt!" Eruera nickte. Dann schaute er in das Paket. So ein bisschen anders sah die Puppe schon aus. Von Dellen und Löchern keine Spur. Doch die Augen waren blau. Auch das Kleid hatte nicht genau die gleiche Farbe. Aber sie war der vorigen Puppe doch recht ähnlich.

„Darf ich sie Anahira selbst geben?"

„Ja, natürlich! Das hast du dir verdient, mein Junge!" Sie strich ihm übers Haar. Als dann seine kleine Schwester mit leuchtenden Augen ihre Reka an sich drückte, war Erueras Glück für den Moment vollkommen.

10. Sentwali
Massai-Amboseli, Kenia – ca.1982

Mit großen Schritten eilte Sentwali nach Hause. Seine nackten Füße huschten fast unhörbar über die trockene Savanne. Aufmerksam suchten seine Augen den Boden vor ihm ab. Vor wenigen Tagen war eine der Frauen aus seinem Kral von einer Schwarzen Mamba gebissen worden und gestorben. Vor den etliche Meter langen, dünnen Schlangen mit ihrem starken Gift konnte man sich kaum genug in Acht nehmen.

Der Tag war heiß gewesen. Doch jetzt stand die Sonne schon recht tief. „Gewiss ist Njanu mit den Rindern und Ziegen längst daheim. Ich muss mich beeilen! Es wird ja bald dunkel!" Die Dämmerung hier im südlichen Kenia, so dicht am Äquator, war kurz.

Schräg vor ihm schaukelten zwei Giraffen in ihrem seltsam anmutenden Passgang über die Ebene. Nicht weit davon zog eine große Herde Zebras vorbei, sicherlich auf dem Weg zu einem der Wasserlöcher, die die Regenzeit so gut gefüllt hatte, dass sie noch nicht wieder ausgetrocknet waren. Hinter sich hörte Sentwali das entfernte Heulen von Hyänen. Er beschleunigte seine Schritte.

Die Sonne sank immer tiefer. Fast berührte sie schon den Horizont. Sentwali atmete auf, als er die Schirmakazie mit den roh gezimmerten, lehnenlosen Bänken darunter erblickte. Hier versammelten sich die Massai, die an Christus glaubten, zu ihren Gottesdiensten. Und von hier war es nicht mehr weit bis zum heimatlichen Kral.

Wenig später lief Sentwali durch die Lücke in der umfangreichen Dornenhecke, die die Massai-Siedlung umschloss. Hinter ihm füllten einige Frauen die Lücke für die Nacht mit weiterem Dornengestrüpp. Die langen, giftigen Dornen dieser Hecke hielten die wilden Tiere ab. So konnten die Massai in ihren niedrigen, flachen Hütten aus getrocknetem Rinderdung einigermaßen geschützt schlafen. Auch ihr Vieh, das für die Nacht in die Mitte zwischen den Hütten getrieben wurde, war so vor den Löwen, Leoparden und Hyänen sicher.

Die Rinder bilden die Lebensgrundlage der Massai. Ihr Hauptnahrungsmittel besteht aus Kuhmilch, das ab und zu mit Rinderblut vermischt wird. Dazu zapfen sie etwas Blut aus der Halsschlagader eines Tieres und schließen die Wunde danach sorgfältig mit Speichel, Harz und Erde. Nur sehr selten, zu besonderen Gelegenheiten, töten sie einen Ochsen, um dessen Fleisch zu essen.

Sentwali bückte sich, um durch die niedrige Öffnung in die Hütte zu schlüpfen. Vom glimmenden Herdfeuer, das als einzige Lichtquelle diente, stieg Rauch auf. Ein Teil entwich aus dem kleinen Loch in der Decke, der Rest zog unter der Decke entlang und zum Eingang hinaus. Sentwali hockte sich auf den dreibeinigen Schemel, dessen Sitzfläche nur etwa handbreit über den Boden ragte, und sog den Duft des Breies aus gestampften Kassave-Wurzeln ein, den seine Mutter gekocht hatte. Er konnte das Abendessen, die einzige Mahlzeit des Tages, kaum erwarten.

Als er später auf dem harten, etwas erhöhten Nachtlager ruhte, konnte er nicht einschlafen. Immer wieder ging ihm durch den Sinn, was er heute Nachmittag auf der Missionsstation gelernt hatte. Von Jesus hatten Fräulein Schneider und Fräulein Müller, die beiden Missionarinnen, die dort seit Langem lebten, erzählt. Jesus war der einzige Sohn des Schöpfergottes, der alles geschaffen hatte, auch den majestätischen Kilimanjaro, dessen weiße Kuppe fast das ganze Jahr herüberleuchtete, und natürlich die Rinder, Ziegen und Schafe, von denen die Massai lebten.

Schon oft hatte Sentwali von Jesus gehört, wenn die Missionarinnen von ihm berichteten, wie er Blinde geheilt hatte, so dass sie wieder sehen konnten, lahmen Menschen geholfen, so dass sie wieder laufen konnten, wie er dann an gekreuzten Balken einen schrecklichen Tod gestorben, aber am dritten Tag danach wieder lebendig geworden und zu seinem Vater-Gott zurückgekehrt war.

Aber wie er überhaupt zu den Menschen gekommen war, dass er als winziges, hilfloses Baby – so wie Sentwalis jüngere Schwester Hakima und sein kleiner Bruder Maamuni – geboren worden war und aufwachsen musste wie jedes andere Kind – wie Sentwali selbst mit seinen mittlerweile fast zwölf Jahren –, nein, das hatte er bisher nicht gewusst. Fräulein Schneider hatte anschaulich erzählt, wie der Sohn Gottes mitten zwischen dem Vieh zur Welt kommen musste, wie er in Armut geboren und aufgewachsen war. Und sie hatte die Geburt Jesu ein Geschenk genannt, Gottes großes Geschenk an die Menschen. Sie hatte auch erwähnt, dass die Menschen in ihrer fernen Heimat sich deshalb einmal im Jahr – jetzt um diese Zeit herum, wenn sie den Geburtstag des Gottessohnes feierten – in Erinnerung daran auch Geschenke gaben.

„Das würd ich auch gern mal tun", überlegte Sentwali. „Ich möcht auch jemandem etwas schenken als Erinnerung an das große Geschenk des Schöpfergottes an uns. Aber was? Und wem?"

Er grübelte und grübelte, doch ihm wollte nichts einfallen. Geschenke zu geben war in seinem Volk nicht üblich. Schließlich schlief er darüber ein.

Am nächsten Morgen trieb er wie gewohnt zusammen mit Njanu, seinem um knapp zwei Jahre jüngeren Bruder, die Herde aus dem Kral. Bei einem Seitenblick sah er Mahiri, den Sohn der Schwester seines Vaters, mit einem Auto aus Draht spielen. „So ein Auto könnte ich Maamuni basteln", schoss ihm plötzlich durch den Sinn. „Darüber würde sich mein Brüderchen sicher freuen. Und meine Schwestern? Kamilah ist schon erwachsen; sie würde es vielleicht nicht wollen, wenn ihr jüngerer Bruder ihr etwas schenkt. Aber Hakima! Ja, ihr könnt ich was geben. Aber was? Sie wird kaum mit Autos spielen wollen. Sie ist ja ein Mädchen!"

Nachdem die beiden Jungen das Vieh an der nächsten Wasserstelle getränkt hatten, dabei sorgfältig darauf achtend, ob sich auch kein Raubtier von irgendwo anschlich, wanderten sie gemächlich mit ihren Tieren über die Steppe und ließen sie grasen.

Gegen Mittag entdeckten sie schräg vor sich ein paar kreisende Geier am Himmel. Hatte dort ein Löwe Beute erwischt, und die Geier warteten nun auf irgendwelche Reste? Vorsichtshalber lenkten die beiden Jungen ihre Herde in die entgegengesetzte Richtung.

Auf dem Heimweg begegneten den Jungen einige Frauen und Mädchen, unter ihnen Kamilah, die zum Wasserholen unterwegs waren. Mit stolzer Selbstverständlichkeit trugen sie die breiten, steifen Halsketten aus zahlreichen bunten Perlen. „Das wär doch was für Hakima!", dachte Sentwali. „Sie würd sich bestimmt über bunte Perlen freuen und dazu etwas Draht. Dann kann sie sich eine schöne Halskette machen." Natürlich durfte Hakima noch nicht solchen prachtvollen Schmuck tragen wie Kamilah, die ja bereits beschnitten und daher erwachsen war. Aber kleine, einreihige Kettchen zierten auch die Hälse der jüngeren Mädchen.

Seine Idee gefiel Sentwali. Aber wo sollte er Draht und Perlen herbekommen? Der Weg über die trockene, staubige Savanne unter der heißen, senkrecht stehenden Sonne in den nächsten größeren Ort, in dem es einen Laden gab, war weit. Außerdem hatte er nichts, was er zum Tausch anbieten konnte. Auch solche kleinen, flachen, runden Metalldinger, die die Missionarinnen Geldmünzen nannten, besaß er nicht.

Nach intensivem Nachdenken fand er eine Lösung. „Ich geh morgen noch mal auf die Missionsstation. Die beiden Frauen haben immer etwas zu tun, bei dem ich was helfen kann. Sie geben mir doch jedes Mal was dafür, meistens was Feines zu essen. Aber diesmal könnt ich sie bitten, mir stattdessen Perlen und Drähte zu geben."

Den Missionarinnen mangelte es keineswegs an Arbeit, und sie nahmen Sentwalis Angebot dankbar an. Da sie den Massaifrauen durch den Verkauf von Massaischmuck dazu verhalfen, etwas Geld zu verdienen, hielten sie sich auch stets genug Vorrat an Perlen und Draht, so dass Sentwali sich damit bezahlen lassen konnte. Noch auf der Missionsstation bog er den größten Teil des Drahtes zu einem Auto zurecht, damit Maamuni seine Gabe nicht zu früh zu sehen bekam. Er achtete jedoch darauf, genug Draht für Hakimas Kettchen übrig zu behalten.

Nie würde Sentwali die strahlenden Augen seiner jüngeren Geschwister vergessen, als er ihnen seine Geschenke gab. Er hatte ja gar nicht gewusst, wie viel Freude es einem selbst brachte, anderen eine Freude zu bereiten. Ob der Schöpfergott sich auch so sehr gefreut hatte, als er den Menschen seinen Sohn schenkte?

11. Amol
Washim, Indien - 2003

Mit heftig klopfendem Herzen drückte Sumati das Baby in ihren Armen fester an sich, während sie ihrem Mann hinterherhastete, die staubige Straße entlang. Vor ihnen zog ein Ochsenkarren seines Weges. Gerne hätte sich die müde junge Frau auf die leere Ladefläche gesetzt, aber die beiden Ochsen trotteten viel zu langsam dahin. Rasch liefen Prakash und Sumati an dem Fuhrwerk vorbei. Höchste Eile war geboten, wollten sie ihr Kind retten. Der kleine, sieben Monate alte Amol rang immer heftiger nach Luft.

Ein klappriger Bus raste hupend an ihnen vorüber. Hastig sprang das junge Ehepaar zur Seite, denn sie wussten aus Erfahrung, wie wild und rücksichtslos die meisten Busfahrer voranpreschten. Eine dicke Staubwolke hüllte die kleine Familie ein. Sumati hob das Ende ihres Saris und legte es schützend um ihr Kind.

Lautes Klingeln drängte Prakash und Sumati erneut an den Straßenrand. Ein junger Mann radelte auf seiner Rikscha an ihnen vorbei. Er hatte sich von seinem Sitz erhoben, um noch fester und kräftiger in die Pedalen treten zu können.

„Ach, könnten wir doch mit der Rikscha fahren!", dachte Sumati. „Wie viel einfacher und schneller würden wir damit vorankommen!" Aber dafür reichte ihr Geld nicht. So beschleunigten sie nur ihre Schritte. Wenn sie dem Verkehr ausweichen mussten, achteten sie darauf, nicht zu weit zur Seite ins hohe Gras zu geraten. Denn dort versteckten sich oft gefährliche Kobras, die giftigsten Schlangen Indiens.

Endlich erreichten sie Washim. Rasch eilten sie zum neuen Krankenhaus der Regierung. Doch der diensthabende Arzt warf nur einen kurzen Blick auf das röchelnde Baby und schickte sie weg. „Dem Kind ist nicht mehr zu helfen."

Verzweifelt wankten Prakash und Sumati wieder auf die Straße. Gab es keine Hilfe mehr? War alles umsonst? Zu spät? Mussten sie ihren kleinen Schatz schon so bald wieder hergeben? Oder sollten sie es doch bei einem der vielen Ärzte versuchen, die sich in Washim eine Praxis eingerichtet hatten, seit der Ort zur Kreisstadt erhoben worden war? Nein, das war unmöglich! Die verlangten viel zu viel Geld, und Prakash und Sumati waren arm.

„Wir müssen etwas tun!", rief Sumati außer sich. „Schau, er wird schon ganz blau! Wer kann uns denn nur helfen?"

„Warum geht ihr nicht zu den Christen?", fragte eine alte Frau, die herangehumpelt kam und Sumatis gequälten Ausruf gehört hatte.

„Zu den Christen?" Prakash sah sie erstaunt an.

„Ja ja, die haben doch ein Hospital hier in Washim. Schon so lange ich denken kann. Dort, die Straße müsst ihr runtergehen!" Die Frau deutete in die Richtung und erklärte den Weg.

„Aber wir haben kein Geld", wandte Prakash ein.

„Macht nichts! Die helfen auch so!"

„Danke!" In höchster Eile bahnten sich die jungen Eltern mit dem sterbenden Jungen den Weg durch das städtische Gewühl. Keuchend erreichten sie schließlich das Reynolds' Memorial Hospital, rannten durch das offene Tor, über den Vorplatz und neben der Apotheke den Gang entlang in den Innenhof. Eine Krankenschwester, die dort stand, warf nur einen kurzen Blick auf das blaue, schwer nach Luft ringende Baby, rief aus: „Schnell! Hier herein!", und schob sie ins Sprechzimmer.

„Das Kind hat einen angeborenen Herzklappenfehler!", erklärte der Arzt den Eltern nach der ersten Untersuchung. „Und der hat einen Blutstau im Herzen verursacht. Wir werden tun, was wir können. Vielleicht können wir Amol retten."

Während die Ärzte sogleich mit der Behandlung begannen, schleppten Prakash und Sumati sich hinaus in den Innenhof. Zunächst nahmen sie in der Angst um ihr Kind nicht viel von ihrer Umgebung wahr. Doch dann beobachteten sie staunend, wie eine ganze Gruppe von Krankenschwestern die Korridore mit buntem Papier und bunten Lichtern schmückte. Was mochte das zu bedeuten haben?

Gegen Abend durften sie Amol kurz sehen. Der Kleine schlief in einem Gitterbettchen in einem Raum, an dessen

Wänden entlang zahlreiche solcher Bettchen standen. Seine Haut sah schon wesentlich besser aus.

Etwas beruhigter machte sich Sumati im Vorhof des Hospitals daran, wie mehrere andere indische Frauen ein kleines Feuer zu entzünden, um für sich und ihren Mann eine Mahlzeit zu kochen. Den ganzen Tag hatten sie vor lauter Sorge nichts gegessen und waren nun ziemlich hungrig.

Am nächsten Vormittag versammelten sich fast alle Ärzte, Krankenschwestern und etliche Angehörige von Patienten in einem Raum, der voller Bänke stand. Sie sangen zusammen Lieder von einem Gott, von dem Prakash und Sumati noch nie gehört hatten. Dann redete vorne ein Mann von einem göttlichen Kind namens Jesus, das von seinem Gott-Vater auf die Erde geschickt worden war, um den Menschen zu helfen.

Danach bat einer der Ärzte diesen Gott, den kleinen Amol wieder gesund zu machen. Das junge Ehepaar starrte auf den Arzt. Der fremde Mann betete für ihr Kind! Und nicht nur er! Während der nächsten Tage beobachteten die Eltern immer wieder, wie auch die Krankenschwestern am Bett des Kindes für seine Genesung beteten.

Von Tag zu Tag ging es Amol tatsächlich immer besser. Seine Haut nahm wieder die normale Farbe an, und er musste nicht mehr um jeden Atemzug kämpfen, sondern konnte ruhig und stetig atmen.

Am vierten Tag, seit sie im Hospital angekommen waren, nahmen sie an einer besonderen Feier teil. In der Ansprache nannte der Redner diesen Tag Weihnachten: „Heute vor etwa zweitausend Jahren ist der Sohn Gottes, Jesus Christus, als menschliches Baby auf der Erde geboren worden. Dieser Jesus ist Gottes unbezahlbare Gabe an alle Menschen."

Prakash und Sumati sahen sich an. Gottes unbezahlbare Gabe! Unbezahlbar – das war der Name, den sie ihrem kleinen Sohn gegeben hatten: Amol! Amol bedeutete „unbezahlbar" in ihrer Sprache!

Drei Tage später konnte Amol aus dem Krankenhaus entlassen werden. Mit der Medizin, die seinen Eltern für ihn mitgegeben wurde, konnte er überleben, bis er alt genug war, um an der Herzklappe operiert zu werden. Und wenn die Eltern ihren kleinen Amol anschauten, dann erinnerten sie sich an die unbezahlbare Gabe des Christengottes. Von diesem guten Gott wollten sie unbedingt noch mehr hören!

Diese Geschichte basiert auf einer wahren Begebenheit.

12. Josef
Jerusalem, Israel – im Jahre „Null"

Langsam setzte sich die kleine Karawane wieder in Bewegung. Noch ausgelaugt von dem steilen, staubigen Aufstieg von Jericho herauf wanderten sie in langer Reihe gemächlich den Ölberg hinunter. Dicht hinter dem Anführer und dessen Mutter führte Josef den Esel am Zügel, der Maria trug. So hatte seine hochschwangere Frau den anstrengenden Weg nicht zu Fuß machen müssen. Es war so noch ermüdend genug für sie gewesen.

Halbwegs den Berg hinunter wies Josef mit seiner freien Hand auf ein kleines kegelförmiges Bauwerk. „Sieh, Maria, dort ist das Grabmal Absaloms."

Maria schaute in die angezeigte Richtung. „Für ein Grabmal sieht das aber hübsch aus! Wie eine nach unten hängende Blüte!"

Bald hatten sie den Boden des Kidrontales erreicht, überquerten den Bach Kidron und stiegen hinauf zur Stadt. Die etwa dreißig Meter Höhenunterschied waren kaum der Rede wert, verglichen mit der vorherigen Strapaze. Dennoch spürten die Wanderer deutlich die Erschöpfung und ließen sich Zeit.

Noch außerhalb der Mauern, an den Bethesda-Teichen, hielt die Karawane an. Josef half Maria vom Esel herunter und gab das Tier an Ussiel, den Karawanenführer, zurück. „Ich kann dir gar nicht sagen, wie dankbar ich dir und auch deiner Mutter für eure Fürsorge bin! So war es für Maria doch viel leichter!"

„Keine Ursache!", winkte Ussiel ab, und seine Mutter ergänzte: „Das haben wir doch gern getan!" Beide wünschten ihnen eine gute Weiterreise und verabschiedeten sich.

Josef und Maria dankten nochmals und wandten sich der Stadt zu. Links von ihnen erhob sich die gewaltige Mauer des Tempelbezirkes, vor ihnen ragte die Stadtmauer auf. Durch das Benjamin-Tor traten sie in die engen Gassen ein.

Sobald sie die römische Festung Antonia, die an der Nordwestecke des Tempelbezirks über dem Heiligtum wachte, hinter sich gelassen hatten, fragte Josef: „Wie müde bist du, Maria? Wie weit kannst du noch gehen?"

„Ich durfte heute ja den gesamten Weg reiten!" Sie lächelte zu ihm auf. „Da kann ich schon noch ein Stück laufen. Warum fragst du?"

„Weil in der Unterstadt ein entfernter Verwandter von mir wohnt, bei dem wir übernachten könnten. Aber das ist noch einiges zu gehen. Er wohnt ziemlich am Südende der Stadt, in der Nähe des Siloah-Teiches."

„Das werd ich schon schaffen. Es ist ja noch eine Zeit lang hell, so dass wir uns nicht sehr beeilen müssen, nicht wahr?"

„Nein, wir müssen uns nicht abhetzen." Während sie nach Süden einbogen und sich langsam durch die Menschenmengen schoben, die die Straßen füllten, warf er immer wieder einen forschenden Blick in ihr Gesicht, um sicherzugehen, dass er sie nicht überforderte.

Abischua und seine Familie nahmen die beiden Wanderer gastlich auf. Als Erstes ließen sie ihnen die verstaubten Füße waschen und reichten ihnen etwas Erfrischendes zum Trinken. Nach der Abendmahlzeit richtete Abischuas Frau den Reisenden ein Nachtlager. Aufatmend streckten sie sich darauf aus und kuschelten sich in die Decke, die ihre Gastgeberin ihnen wegen der kalten Jahreszeit zusätzlich gegeben hatte.

Am nächsten Vormittag spazierten Josef und Maria zunächst zum Tempelberg hinauf. Nachdem sie sich im Badehaus, das für Pilger zur Reinigung erbaut war, gewaschen hatten, stiegen sie langsam die Treppe zum östlichen dreifachen Huldator empor. Hinter dem Tor nahm sie ein Tunnel auf, der unter der königlichen Säulenhalle hindurchführte und an dessen Ende eine Treppe sie in den Vorhof der Heiden brachte.

Von mehreren Seiten erscholl Baulärm, wo am Tempelbezirk noch gearbeitet wurde. Der Lärm der Steinmetzen und anderen Handwerker mischte sich mit dem Geschrei der Geldwechsler, dem Blöken der Schafe und Brüllen der Ochsen. Die Tiere wurden Pilgern zum Verkauf für ihre Opfer angeboten.

Mühsam schlängelten sich Josef und Maria durch das Gedränge und durchschritten endlich die steinerne Schranke, was nur den Juden erlaubt war. Durch das Nikanor-Tor betraten sie den Vorhof der Frauen, in dem Maria zurückbleiben musste.

„Ich werde nicht lange brauchen", versicherte Josef. Er stieg die im Halbkreis gehauenen Stufen zum Großen Tor hinauf. Im Israelitenvorhof blieb er so stehen, dass Maria ihn von ihrem Platz aus sehen konnte. Dann begann er zu beten: „Herr, du großer und allmächtiger Gott! Ich danke dir, dass du uns auf der Reise bis hierher bewahrt hast. Du hast deine schützende Hand über uns gehalten, und ich möchte dich dafür loben und preisen. Bitte bewahr uns auch auf der Weiterreise und bring uns gut ans Ziel. Auch möchte ich dich, Herr, bitten, mir Weisheit und Kraft zu verleihen, um Maria und das Kind versorgen und schützen zu können. Gelobt sei dein Name!"

Ein paar Minuten blieb er noch in stiller Andacht stehen. Dann wandte er sich um und eilte zu Maria zurück. Gemeinsam verließen sie den Tempelbezirk durch das westliche, doppelte Huldator, stiegen die breite Treppe hinab und schritten durch die engen Gassen hinaus aus der Stadt in Richtung Süden, wo Bethlehem lag.

Nach einer Weile sahen sie auf einem Hügel schräg vor ihnen einen Ort liegen. Maria wies mit dem Finger darauf. „Da ist Bet-Kerem, wo ich vor über einem halben Jahr meine Verwandte besucht hab. Die drei Monate, nachdem der Engel Gabriel mir den Sohn angekündigt hatte, hab ich bei ihr verbracht. Sie erwartete auch ein Kind."

Josef blickte auf den Ort und schaute dann Maria an. Etwas in ihrem Ton war ihm aufgefallen. „Möchtest du sie gerne besuchen? So groß wär der Umweg nicht. Nur müsstest du auf den Hügel hinaufsteigen."

„Ach, das werd ich schon schaffen. So hoch ist er ja nicht."

Keine halbe Stunde später klopften sie an das Tor zum Wohnhaus des Priesters. Zacharias öffnete selbst und hieß sie willkommen. Elisabeth kam herbeigeeilt und begrüßte

Maria: „Wie freu ich mich, dich zu sehen! Ich hab so oft an dich gedacht! Kommt rein!" Sie zog die Besucherin mit sich und wies auf eine wollene Decke am Boden, auf der ein schlafendes Baby lag. „Sieh, unser Johannes! Nun ist er schon gut fünf Monate alt."

„Wie niedlich!" Maria blickte auf den Säugling hinunter. Er erwachte, sah das freundliche Gesicht über sich, lächelte und wedelte mit Armen und Beinen. Dabei stieß er freudige Laute aus.

„Er hat bestimmt gemerkt, wen du in dir trägst, so wie da, als du mich voriges Mal besucht hast", raunte Elisabeth Maria zu, bückte sich und hob das Kind auf ihre Arme. Fröhlich spielten und schäkerten die beiden Frauen mit dem kleinen Jungen.

Josef, den Zacharias in eine Unterhaltung gezogen hatte, beobachtete Maria verstohlen. Irgendwie wirkte sie trotz ihrer Fröhlichkeit matt und abgespannt.

Nachdem sie ein paar Erfrischungen zu sich genommen hatten, mahnte Josef zum Aufbruch. Er bemerkte wohl den Schatten, der über Marias Gesicht glitt. Doch sie stand sofort auf.

„Oh, ihr dürft noch nicht gehen!", protestierte Elisabeth. „Ihr seid doch gerade eben erst gekommen! Bethlehem ist so nah; dahin braucht ihr nicht lange."

„Aber ich möchte vorm Dunkelwerden eine sichere Unterkunft gefunden haben", gab Josef zu bedenken.

„Warum bleibt ihr nicht über Nacht hier?", fragte Zacharias. „Wenn ihr vormittags geht, habt ihr genug Zeit, um was zu suchen."

Josef schaute auf Maria, um zu sehen, wie sie darüber dachte. Doch sie blickte zu Boden. Wollte sie ihn vielleicht in seiner Entscheidung nicht beeinflussen?

Er überlegte kurz, dann stimmte er zu. Maria hob den Kopf, und am Aufleuchten ihrer Augen erkannte er, dass er in ihrem Sinne entschieden hatte. „Aber nur eine Nacht", ergänzte er. „Ich möchte alles geregelt haben, bevor Marias Stunde kommt."

„Ist es denn schon so weit?" Elisabeth sah etwas überrascht auf ihre junge Verwandte.

„Wohl nur noch etwa zwei Wochen", bestätigte Maria.
„Du liebe Zeit, ist das schon so lange her, dass du bei mir warst? Seit Johannes geboren wurde, vergeht mir die Zeit wie im Fluge. Da hab ich gar nicht drüber nachgedacht, wie viele Monate seither vergangen sind! – Obwohl ich es ja an Johannes' Alter hätte ablesen können!", fügte sie lachend hinzu.

Im Laufe des folgenden Vormittags brachen Josef und Maria nach Bethlehem auf. „Das Land hier herum muss sehr fruchtbar sein!" Maria wies auf die frisch gepflügten Getreidefelder, durch die sie wanderten. Auf einigen schritten Bauern und streuten Saatkörner mit weit ausholenden Armbewegungen.

„Ja, das Land ist sehr gut", bestätigte Josef. „Mir gehört auch ein Stückchen. Es liegt vermutlich brach, falls sich nicht einer meiner Verwandten drum kümmert, die noch hier leben."

Da Bethlehem auf einem Hügel lag, begann der Weg wieder anzusteigen. Bald bemerkte Josef, dass Marias Schritte sich verlangsamten. In ihrem Gesicht stand Erschöpfung geschrieben.

Die Sonne hatte bereits ihren Höchststand überschritten, als sie die Stadt erreichten. Josef führte Maria in eine schmale Gasse und hielt vor einem der weißgetünchten Häuser an. „Hier wohnt Gemarja; er ist Bauhandwerker wie ich, und wir haben gemeinsame Großeltern. Gemarjas Mutter war die Schwester meines Vaters. Als mein Verwandter wird er sicher ein Plätzchen für uns bereitmachen!" Josef klopfte ans Tor.

Das Gewirr vieler Stimmen drang nach außen, doch niemand öffnete. „Wir scheinen nicht die ersten Verwandten zu sein, die zur Volkszählung gekommen sind", bemerkte Josef und pochte etwas lauter. Als auch das nichts half, schlug er mit der Faust gegen das Holz. Wenig später schwang das Tor auf, und ein junger Mann in Josefs Alter stand im Rahmen. „Josef! Du! Willkommen!", rief er aus, als er seinen Cousin erkannte.

Dann fiel sein Blick auf Maria. Sein breites Lächeln erlosch, und eine Wolke überschattete sein Gesicht. Josef sah es, und er ahnte, was es bedeutete. Seine Kehle wurde eng. Mehrmals räusperte er sich. „Danke, Gemarja, für dein Willkommen. Gott segne dich!" Auf Maria deutend, ergänzte er: „Dies ist Maria, meine Frau. Wir sind wegen der Volkszählung gekommen."

„Das hab ich vermutet." Gemarja runzelte seine Stirn. „Wir haben das Haus bereits voll mit Verwandten, die aus demselben Grund gekommen sind. Normalerweise würd ich euch gerne noch einen Platz anbieten, selbst wenn es mein eigenes Lager wäre. Aber so ..." Seine Augen glitten über Marias starken Leib und schauten dann um Verständnis flehend auf Josef. „Du kennst doch das Gesetz. Durch die Geburt würde das ganze Haus mit allen Leuten darin unrein. Ich würde alle anderen Gäste hinaustreiben. Du verstehst ja sicher ..." Seine Stimme erstarb.

Inzwischen war Basmath zu ihrem Mann getreten und hatte seine letzten Worte gehört. Sie blickte auf Maria, seufzte und wandte sich dann an Josef: „Das ganze Dorf ist bereits überfüllt mit Leuten, die wegen der Steuerlisten gekommen sind. Da wird euch leider niemand aufnehmen können. Aber wenn ihr diese Gasse weitergeht ..." Sie wies mit der Hand nach links. „... dann trefft ihr direkt hinterm Dorf auf eine Höhle, wo unser Vieh über Nacht lagert. Die Höhle ist warm und trocken und gut geschützt. Dort könnt ihr bleiben. Ich werde meine Magd mit Decken und Nahrung schicken, damit ihr was zu essen habt und euch ein weiches Lager bereiten könnt. Und wenn ihr mehr braucht, lasst es mich wissen. Es tut mir leid, dass wir euch nicht mehr bieten können, aber unter den gegebenen Umständen ..." Sie hob die Hände und lächelte schief. „Gott segne und schütze euch!"

„Danke; euch auch!" Josef verneigte sich und wandte sich an Maria: „Komm! Ich weiß, von welcher Höhle Basmath redet. Lass uns dorthin gehen, damit du dich endlich ausruhen kannst."

13. Calum
Isle of Lewis, Schottland – ca. 1965

Krachend und schäumend brachen sich die Wellen des Atlantischen Ozeans an den steilen Seitenwänden der Bucht von Cliobh[6]. Meterhoch spritzte das Wasser. Von nichts aufgehalten, rollte die See gegen den Nordwesten der schottischen Hebrideninsel Leodhas[7], klatschte auf den schmalen Sandstrand der Bucht und kletterte immer höher den Abhang zu dem kleinen Dorf hinauf. Der Sturm fing sich zwischen den Felswänden und jagte brüllend um die wenigen kleinen Häuser von Cliobh.

Calum stand am Fenster und schaute mit gefurchter Stirn auf das aufgebrachte, tobende Meer. „Mummy, kann das Wasser bis zu uns kommen?"

„Ich hoffe nicht! Seit ich vor sechs Jahren herzog, als ich deinen Daddy heiratete, hab ich hier noch keinen so schlimmen Sturm erlebt." Die Mutter warf einen besorgten Blick aus dem Fenster.

„Mummy, kann der Sturm unser Haus umwehen?"

„Bestimmt nicht! Es ist ja aus festen, großen Steinblöcken gebaut. Die halten jedem Wind stand."

„Und das Dach? Kann das fortwehen? Dann werden wir ja ganz nass!"

„Nein, ich glaube nicht. Es ist doch mit einem festen Netz überspannt, und das ist mit schweren Steinen gesichert."

Für einen Augenblick schien Calum beruhigt. Dann wandte er sich um und fragte mit kläglicher Stimme: „Mummy? Ist Daddy da draußen in dem schrecklichen Sturm?"

Die Mutter antwortete nicht sofort. Sie trat zu Calum ans Fenster, starrte eine Weile auf das tosende Meer und seufzte. Dann nahm sie ihren Sohn an die Hand, setzte sich auf einen Stuhl und zog den Jungen auf ihren Schoß. „Ja, Calum", bestätigte sie leise, und ihre Stimme zitterte, „Daddy ist dort draußen. Er ist heute Nacht mit Onkel Norman hinausgefah-

---

[6] gälischer Ortsname, engl.: Cliff
[7] gälischer Ortsname, engl.: Lewis

ren zum Fischen und noch nicht zurück, obwohl es inzwischen schon fast Mittag ist."

„Warum musste er denn gerade jetzt mitfahren? Er ist doch gar kein Fischer wie Onkel Norman."

„Ja, aber du weißt doch, dass er ab und zu mit seinem Bruder mitfährt, damit wir Fisch zu essen haben und ihn nicht kaufen müssen."

„Aber warum denn gerade heute, wenn so ein Sturm ist! Das ist doch gefährlich! Wenn ihr Boot nun umkippt!"

„Als Daddy heut Nacht gegangen ist, war noch kein Sturm. Das Meer war ziemlich ruhig."

„Aber jetzt ist es nicht ruhig!" Calum lehnte sich gegen seine Mutter. „Wenn Daddy nun was passiert! O Mummy, ich hab solche Angst!"

„Ich auch", gab die Mutter leise zu. „Wir können nur hoffen, dass Daddy und Onkel Norman sich rechtzeitig auf eine der kleinen Inseln vor der West-Loch-Roag-Bucht retten konnten. Komm, wir bitten Gott, dass er unseren Daddy beschützt."

Calum faltete seine kleinen Hände, und die Mutter legte ihre Hände um seine herum. Dann bat sie Gott um seinen Schutz für die beiden Männer.

Bis in den Abend hinein wütete der Sturm. Er flaute erst ab, als die Mutter sich und Calum warm anzog, um zum Weihnachtsgottesdienst zu gehen, der um elf Uhr nachts in der Kirche in Miabhig[8] begann. Mairi, Calums zweijähriges Schwesterchen, blieb bei der Großmutter daheim. Für ihre kurzen Beinchen war der Weg zu weit. Und der Vater, der sie sonst getragen hätte, war immer noch nicht zurückgekehrt.

In der rechten Hand hielt die Mutter die Sturmlaterne. Mit der linken umfasste sie Calums Hand. Draußen schlossen sie sich den Nachbarn an, die auch zur Kirche wollten. Schweigend marschierte die kleine Gruppe durch die Nacht zum Nachbarort, der den Eingang zu ihrer Halbinsel bewachte.

Fast die gesamte Wegstrecke begleitete sie auf der rechten Seite das Loch Sgailler, ein schmaler, langgestreckter

---

[8] gälischer Ortsname, engl.: Miavaig

See. Calum war froh, dass die Mutter zwischen ihm und dem schwarzen, glucksenden Wasser schritt. Im Dunkel der Nacht wirkte es so unheimlich. Da war ihm denn die Felswand auf seiner linken Seite doch noch lieber, obwohl auch sie finster und drohend neben ihm aufragte.

Dicke Wolkenballen zogen am nachtdunklen Himmel entlang und erlaubten nur kurze Blicke auf ein paar wenige Sterne. Der Mond ließ sich überhaupt nicht sehen. Noch bevor sie das Doktorhaus, das erste Gebäude von Miabhig, erreichten, begann es zu nieseln.

Am Doktorhaus trafen sie auf die Frauen und Kinder von Uigean[9], die mit ihren Laternen aus der Seitenstraße hervorwanderten. Tante Ishbal, Onkel Normans Frau, eilte mit ihren Söhnen Duncan und Donald zu Calum und seiner Mutter und flüsterte hastig: „Vor gut einer Stunde, als der Sturm nachließ, sind alle Männer von Uigean mit ihren Booten raus. Oh, Hannah! Hoffentlich finden sie sie!"

„Ja, hoffentlich!", erwiderte Calums Mutter ebenso leise, während sie neben ihrer Schwägerin weiterging. Bald hatten sie die Kirche erreicht. Bevor sie eintraten, schauten sie über das weite, düstere Wasser zu der Stelle, wo sie wussten, dass die große Bucht im Bogen nach links zum offenen Meer hin schwenkte. Kein noch so kleines Lichtpünktchen war zu erkennen, nur schwarzes Wasser und tiefe Dunkelheit. Voller Sorge blickten sich die beiden Frauen an.

In der Kirchenbank drückte Calum sich eng an seine Mutter. Als sie ihren Arm um ihn legte, spürte er, wie sie zitterte. Nur mit Mühe konnte er ein Schluchzen unterdrücken. In weniger als einer Stunde begann der Weihnachtstag. Würden sie ihn ohne den Vater erleben müssen? Vielleicht für immer?

Weder seine Mutter noch seine Tante noch seine beiden Vettern sangen die Psalmtexte mit. Alle fünf saßen stumm und reglos nebeneinander in der Bank. Nur als der Pfarrer besonders für die Männer draußen auf dem Meer um Gottes Schutz und Rettung betete, flüsterten sie ein leises Amen.

---

[9] gälischer Ortsname, engl.: Uigen

Kurz vor Ende des Gottesdienstes wurde die Kirchentür ungestüm aufgerissen. Ein Mann in durchnässter Kleidung ließ seine Augen über die Versammelten fliegen, hastete dann auf den Arzt zu und bat ihn halblaut, schnellstens mitzukommen. Beim Hinauseilen entdeckte er Calums Mutter und Tante in der hintersten Bank und gab ihnen einen Wink mit der Hand, bevor er mit dem Doktor davonrannte.

An Mutters Hand geklammert, jagte Calum dem Licht der beiden Männer hinterher, so rasch ihn seine Beine trugen. Tante Ishbal, Duncan und Donald folgten ihnen auf dem Fuß.

Die beiden Männer verschwanden im Doktorhaus. Atemlos erreichten die Frauen und Kinder etwas später die Eingangstür. In der Küche saßen die Männer von Uigean und stärkten sich mit heißem Tee nach der nächtlichen Suche. Herr MacLeod sprang auf und trat den fünfen entgegen. „Keine Sorge!", beruhigte er. „Wir haben sie gefunden. Es ist alles in Ordnung. Der Doktor schaut gerade nach ihnen."

„Wo ... wo waren sie denn?", fragte Tante Ishbal heiser.

„Ganz draußen auf An t-Seana Bheinn[10]. Sie waren noch auf dem freien Meer, als der Sturm sie überraschte. Und dann wurden sie genau in die kleine, sandige Bucht von An t-Seana Bheinn getrieben. Das Beste, was ihnen dort passieren konnte! Beide sind unverletzt, nur stark ausgekühlt. Sie waren so steif gefroren, dass wir sie ins Boot tragen mussten. Aber das wird wieder! Gott sei's gedankt!"

„Ja, Gott sei's gedankt!" Calum fühlte, wie sich Mutters Hand bei ihren Worten fest um seine spannte. „Gott hat unser Gebet erhört! Aber dieses Weihnachten werd ich nie vergessen!"

„Ich auch nicht!", flüsterte Calum und blickte zu seiner Mutter auf.

---

[10] gälischer Ortsname, engl.: Old Hill

14. Caitlin
Isle of Lewis, Schottland – ca. 2000

Caitlin hockte auf dem Strand und ließ abwesend den feuchten, weißgelben Sand durch die Finger gleiten. Nachdenklich schaute sie aufs Meer hinaus. Im Sommer schillerte das Wasser tief türkisblau in der Nähe des Strandes und ging dann außerhalb der Bucht vor Cliobh[11] in immer kräftigeres Blau über. Das heißt, falls die Sonne vom blauen Himmel strahlte. Wenn nicht, wenn gar ein Sturm brauste, eilten die Wellen, so wie jetzt, in düsterem Grau heran, brachen sich tosend an den steilen Felswänden links und rechts der Bucht, warfen sich brüllend und schäumend auf den Strand. Caitlin erinnerte sich schaudernd daran, was die Großmutter ihr erzählt hatte: Vor vielen Jahren hatte ein solcher Sturm den Großvater auf dem Meer überrascht, als er am Tag vor Weihnachten mit seinem Bruder zum Fischen gefahren war.

Sie barg Gefahren, diese Bucht, sommers und winters. Darum war das Baden zu keiner Zeit erlaubt. Heute, nur zwei Tage nach der Wintersonnenwende, war es ohnehin zu kalt. Zwar schneite oder gefror es selten auf Leodhas[12], der größten und nördlichsten Hebrideninsel Schottlands, da der Golfstrom das Meer erwärmte. Aber jetzt, im Dezember, trieben heftige Winde und trübes, feuchtes Wetter jeden ins warme Haus, der nicht unbedingt hinausmusste.

Auch Caitlin hielt es nicht lange am Wasser aus. Die Flut jagte die Wellen immer weiter auf den Strand und würde sie bald erreicht haben. Sie sprang auf, kletterte den Abhang hinauf und rannte zu ihrem Elternhaus.

In der Küche fand sie die Mutter und Catherine, ihre ältere Schwester, damit beschäftigt, das Weihnachtsessen vorzubereiten. Da Caitlin dabei nur störte, verzog sie sich zu ihrer Seanmhair[13] und hockte sich dort vor den Kamin. Wie gemütlich und wärmend das Torffeuer glühte und leuchtete! Tief

---
[11] gälischer Ortsname, engl.: Cliff
[12] gälischer Ortsname, engl.: Lewis
[13] gälisch für Großmutter

sog Caitlin den süßlichen Duft ein. Dann wandte sie sich zur Großmutter um.

„Seanag[14], erzähl mir von früher! Wie das bei euch zu Weihnachten war! Damals, als du ein kleines Mädchen warst! Seid ihr auch alle abends ins Dorfgemeinschaftshaus nach Miabhig[15] gefahren und habt dort mit all den anderen Leuten aus der ganzen Umgebung gefeiert?"

„Ach nein, Kind, als ich so alt war wie du, da war das ganz anders. Und ich bin ja auch nicht hier in Cliobh, sondern auf Bearnaraigh[16] aufgewachsen; du weißt, die Insel im Loch Roag zwischen hier und Charlabhaig[17]."

„Oh, bitte, Seanag, erzähl mir doch, wie das ganz anders war!"

„Ach, weißt du, Caitlin, aus der Zeit, da ich so alt war wie du jetzt, da gibt es nicht viel Schönes zu berichten. Aber dann ist etwas ganz Besonderes passiert, und das hat unsere Familie – ja, das Leben auf der gesamten Insel beeinflusst und total verändert."

„Was Besonderes? Oh, Seanag, bitte, bitte, erzähle mir davon!"

„Nun ja, Caitlin, wie ich schon gesagt habe, in deinem Alter war unser Leben nicht sehr schön. Wir waren sehr, sehr arm. Mein Vater war Fischer. Allzuoft hat er das bisschen Geld, das er für den Verkauf der gefangenen Fische bekam, ins Wirtshaus getragen und dort vertrunken. Wenn er dann betrunken nach Hause kam, hat er getobt und uns geschlagen, an Weihnachten noch mehr als sonst. Nein, das war nicht schön!"

Die Großmutter schüttelte sich bei der Erinnerung, seufzte und starrte eine Weile stumm aus dem Fenster.

„Erzähl weiter, Seanag!", bat Caitlin. „Was passierte dann?"

„Ja, was passierte dann", wiederholte die Großmutter und strich sich mit der Hand über die Stirn, als müsse sie erst die

---

[14] gälisch für Omi, gesprochen: Schenneg
[15] gälischer Ortsname, engl.: Miavaig
[16] gälischer Ortsname, engl.: Bernera
[17] gälischer Ortsname, engl.: Carloway

hässliche Erinnerung verscheuchen. „Dann geschah etwas so Ungewöhnliches, so Großartiges, dass ich gar nicht recht weiß, wie ich das beschreiben soll." Erneut stockte die Großmutter.

„Erzähl doch weiter, Seanag!", drängte Caitlin. Sie zog die Beine an, schlang beide Arme um ihre Knie und stützte ihr Kinn darauf. Ihre Augen richtete sie auf die Großmutter.

Die alte Frau lächelte. „Ach, Caitlin, den Tag werd ich nie vergessen. Ein Prediger vom Festland hatte bereits etliche Zeit in Barabhas[18] und Arnol oben an der Nordküste von Leodhas gepredigt, und es hatten uns Gerüchte von seltsamen Dingen erreicht. Dann war er nach Calanais[19] gekommen, und auch von dort erzählten die Leute wundersame Dinge. Calanais, wo die uralten Steinkreise stehen, ist ja nicht mehr weit von Bearnaraigh entfernt. Und eines Tages setzte er in einem Boot nach Bearnaraigh über ..."

„Warum ist er denn nicht über die Brücke gefahren!", unterbrach Caitlin.

„Die gab es damals noch nicht; es ist doch schon über fünfzig Jahre her, als das alles geschah. Es muss so um 1950 etwa gewesen sein, denn ich war bereits dreizehn oder so." Die Großmutter hielt inne und überlegte.

„Ist doch egal, wie alt du da warst! Erzähl lieber weiter!"

„Ja, also, dieser Prediger kam auch in unser Dorf. Meine Mutter ging mit uns Kindern zu dem Abendmahlsgottesdienst, während mein Vater wieder ins Wirtshaus lief. In der Kirche fühlte es sich merkwürdig an – irgendwie bedrückend. Mitten in der Predigt hielt der Sprecher an, blickte auf einen Jungen, der wohl so drei oder vier Jahre älter war als ich, und forderte ihn auf zu beten.

Der Junge stand auf und betete irgendwas von einer offenen Tür in den Himmel, die er vor seinem inneren Auge sah, und von einem Lamm mit Schlüsseln.

Einen Augenblick lang war es totenstill. Dann bog der Junge den Kopf in den Nacken und bat Gott, seine Macht zu zeigen!"

---

[18] gälischer Ortsname, engl.: Barvas
[19] gälischer Ortsname, engl.: Callanish

Caitlin wagte kaum zu atmen. „Und dann?", flüsterte sie.
„Dann ..." Die Großmutter holte tief Atem. „Dann kam der ... der Geist Gottes in unsere Mitte. Nicht sichtbar, aber ... wir haben es alle gespürt. Die Leute begannen zu weinen und bekannten, welch große Schuld sie auf sich geladen hatten, weil sie Gott nicht gehorcht und stattdessen einfach so gelebt hatten, wie es ihnen gefiel. Und das erkannten nicht nur wir in der Kirche. Nein, das ganze Dorf und darüber hinaus wurde zur selben Zeit davon erfasst. Mengen von Leuten strömten der Kirche zu. Als wir viel später heimgingen, fanden wir unseren Vater am Straßenrand sitzen. Gottes Gegenwart hatte ihn so überwältigt, dass er es nicht mal bis zur Kirche geschafft hatte. Mehrere Tage lang hat niemand wirklich gearbeitet, weil wir alle so davon erfüllt waren, Gottes Gnade und Vergebung zu suchen.

Ja, Caitlin, so war das damals. Das gesamte Leben, nicht nur auf Bearnaraigh, sondern weit und breit auf Leodhas wurde durch diese Erweckung grundlegend verändert. Noch heute sind überall die Auswirkungen zu spüren und zu sehen. Die Kirchen sind voll, und am Sonntag landet kein Flugzeug in Steornabhagh[20] und legt keine Fähre im Hafen an.[21] Der Tag des Herrn wird ruhig und würdig begangen."

„Und ... und was war mit deinem Vater? Hat er ... konnte er ...?"

„Auch er hatte sich völlig verwandelt. Er wurde ein liebevoller, gütiger Vater, der treu für seine Familie sorgte. Und die Weihnachtsfeste verloren ihren Schrecken. Stattdessen feierten wir sie in stiller Andacht und ruhigem Frieden. Um Mitternacht versammelten sich dann alle zum Gottesdienst in der Kirche und lobten Gott, der zu uns auf die Erde gekommen war, damit wir Vergebung und neues Leben haben konnten."

---

[20] gälischer Ortsname, engl.: Stornoway, Hauptort der Insel
[21] Das Verbot wurde erst im Jahr 2013 aufgehoben

15. Lydia
Kapstadt, Südafrika - 1982

„Heut ist Heiligabend", belehrte die siebenjährige Lydia ihre jüngeren Geschwister. „Au ja!", rief Markus, der erst vor wenigen Wochen vier Jahre alt geworden war. „Da krieg ich noch mal Geschenke!" Dann kehrte er Lydia den Rücken zu und konzentrierte sich wieder auf seinen Baulaster, den er zum Geburtstag bekommen hatte. Eifrig belud er ihn mit Legosteinen und fuhr ihn dann mit „Brumm! Brumm!" durchs Zimmer zu seiner Legobaustelle.

Lydia wandte sich an Sara und Maren. „Heut ist Heiligabend!" Doch die eineinhalbjährigen Zwillinge konnten sich nichts darunter vorstellen. Sie waren ja im vorigen Jahr noch Babys gewesen und konnten sich nicht daran erinnern.

„Da gibt's eine Menge Geschenke!", versuchte Lydia ihre kleinen Schwestern aufzuklären. „Und einen Tannenbaum mit Lichtern! Und Dominosteine und Schokoladenherzen! Und ... und ..." Sie stockte und fuhr dann leiser fort: „Und Oma hat uns immer eine riesige Dose voller Plätzchen gebracht, die sie selbst gebacken hatte. Und draußen war es kalt ... nicht so ... so eine Hitze wie hier!"

Abrupt drehte Lydia sich um und rannte in die Küche. „Mama, ich fühl mich gar nicht richtig wie Weihnachten!", klagte sie. „Daheim war's viel schöner; da war's richtig kalt und hat sogar ein bisschen geschneit. Aber hier ist's doof. Weihnachten darf's nicht so heiß sein!"

Die Mutter strich ihrer Ältesten über den Kopf. „Das kommt, weil wir hier auf der anderen Seite der Erde sind. Deutschland liegt nördlich des Äquators, und deshalb ist es dort jetzt Winter. Aber hier in Kapstadt sind wir auf der südlichen Seite, und dadurch haben wir nun Sommer."

„Warum mussten wir denn hierher kommen!", begehrte Lydia auf. „Wir hätten doch in Deutschland bleiben können!"

„Aber Lydia, du weißt doch, warum wir hier sind!", mahnte die Mutter. „Wir wollen doch den Menschen von Jesus erzählen, die noch nichts von ihm wissen."

Das Mädchen murmelte etwas vor sich hin und schwieg. Nach einer Weile fragte sie: „Was machen wir dann heut?"

„Papa fährt nachher mit euch an den Strand zum Baden. Und nachmittags haben wir was Besonderes mit euch vor."

Lydia wirbelte herum und stampfte aus der Küche. „Baden!", zischte sie. „An den Strand gehn! So was passt doch nicht zu Heiligabend!"

Mit gerunzelter Stirn hockte sie eine Stunde später am Strand und schaute ihren jüngeren Geschwistern zu, die mit dem Vater im Wasser plantschten. Ihnen schien das überhaupt nichts auszumachen, Weihnachten so ganz anders zu feiern als daheim in Deutschland. Ihr fröhliches Kreischen schallte über den ganzen Strand. Um sie herum wimmelte es von anderen Badenden, und manche begannen ihre Picknicksachen auszubreiten.

Lydia blinzelte zur Sonne hinauf, die heiß herniederbrannte. „Weihnachten im Sommer! Das gehört einfach nicht zusammen. Wie soll ich mich da auf den Abend freun?" Auch Mutters Ankündigung, am Nachmittag würden sie etwas Besonderes machen, munterte sie nicht auf. Was konnte das schon sein!

Als sie mit Vater und Geschwistern wieder zu Hause ankam, wurden sie von weihnachtlichen Düften begrüßt. Es roch nach Zimt und Lebkuchen. Markus rannte jubelnd in die Küche, und die Zwillinge folgten ihm. Nur Lydia hielt sich zurück. In ihr sträubte sich alles gegen so ein „falsches Weihnachten", wie sie es insgeheim nannte.

Nach dem Mittagessen bat die Mutter: „Komm, Lydia, du bist doch meine Große. Hilfst du mir?"

Das Mädchen nickte nur. Stumm reichte sie ihrer Mutter die vielen Päckchen an, die in hübsches Weihnachtspapier gewickelt waren. Die Mutter schichtete sie alle vorsichtig in einen großen Korb. An den Griff des Korbes band sie eine dicke rote Schleife. „So, nun müssen wir uns nur noch umziehen."

Lydia konnte ihr weißes Festkleidchen allein anziehen, während die Mutter Markus und den Zwillingen in ihre besten Sommersachen half. Der Vater trug den schweren Korb ins Auto, und die Kinder kletterten auf die Rücksitze.

„Papa, wo fahrn wir denn hin?", fragte Markus, als der Vater auf die Stadtautobahn einbog.

„Nach Mitchell's Plain", antwortete der Vater.

„Au ja!", rief Markus. „Da wollt ich schon immer mal hin!"

Lydia sagte nichts. Sie war auch noch nie dort gewesen. Aber der Vater hatte davon erzählt. Mitchell's Plain – das war die schöne neue Siedlung, die die Regierung für die Farbigen gebaut hatte, die vorher in den ärmlichen Hütten in der Stadt gewohnt hatten, wo es so viele giftige Schlangen und so schreckliche Krankheiten gab. Farbige, so hatte der Vater erklärt, wurden in Südafrika die Leute genannt, deren Eltern von verschiedenen Rassen stammten, also ein weißer Vater und eine schwarze Mutter oder umgekehrt. Diese farbigen Kinder heirateten dann andere farbige Kinder, und so gab es bald große Gruppen von farbigen Familien. Aber die Schwarzen wollten nichts mit ihnen zu tun haben, weil sie nicht richtig schwarz waren, und die Weißen verachteten sie, weil sie nicht richtig weiß waren. Aber gerade zu diesen Farbigen gingen Lydias Eltern und erzählten ihnen von dem Gott, der sie lieb hatte.

Aufmerksam schaute das Mädchen nun aus dem Fenster, als der Vater nach einer Weile in die neue Siedlung einbog. Da, das musste das schöne Einkaufszentrum sein, von dem der Vater erzählt hatte. Viele Leute, alle mit dunklerer Haut als Lydia, strömten durch die breiten Eingangstüren hinein, andere kamen, beladen mit Tüten und Paketen, heraus.

Der Vater fuhr an dem Zentrum vorbei und bog in eine Nebenstraße ein. Beide Seiten der Straße säumten zweistöckige Reihenhäuser. Vor einem Eckhaus hielt der Vater an. Sie stiegen alle aus, der Vater trug den Korb und ging voran. An der Haustür klopfte er kräftig an.

Einen Moment später hörte Lydia Schritte. Die Tür wurde erst nur einen Spalt und dann weit geöffnet. Eine farbige Frau in einem leuchtend roten Kleid lächelte ihnen entgegen.

„Merry Christmas, Mrs. Manasa![22]", grüßte der Vater.

„Fröhliche Weihnachten!", antwortete die Frau. „Bitte kommt herein!"

---

[22] Fröhliche Weihnachten, Frau Manasa!

Die deutsche Missionarsfamilie trat ins Wohnzimmer. Dort saß bereits Vater Manasa mit seinen neun Kindern. Sie begrüßten die Besucher laut und vergnügt lachend. Zwei der älteren Mädchen nahmen Sara und Maren auf den Schoß, und Markus begann sogleich, mit einem Jungen zu plaudern, der etwa so alt war wie er selbst.

Lydia wollte sich gerade hinter ihrer Mutter verstecken, als ein Mädchen in ihrem Alter ihre Hand fasste. "Komm, setz dich zu mir. Ich heiß Lucy. Und du?"

„Ich ... ich heiß Lydia."

Die beiden Mädchen suchten sich ein Plätzchen auf dem Teppich. Lydias Vater stimmte ein Weihnachtslied an, und die anderen stimmten freudig mit ein – alle außer Lydia.

Mehrere Lieder sangen sie laut und lebhaft und klatschten dazu in die Hände. Zwischendurch schlug Lydias Vater seine Bibel auf und las die Weihnachtsgeschichte vor, wie der Sohn Gottes in Armut geboren wurde und die Engel Gott lobten. Lydias Vater betete, dann sangen sie wieder – alle außer Lydia.

Während die anderen sangen, saß Lydia in ihrer Mitte. Langsam begannen der Ärger und die Enttäuschung, die sie seit dem Morgen gefühlt hatte, abzuebben. Und als ihre Mutter schließlich die Geschenke aus ihrem Korb verteilte und Lydia die Freude der Kinder sah und hörte, da atmete sie tief durch. Denn plötzlich hatte sie begriffen, dass die Freude am Weihnachtsfest nicht von Tannenbaum und Schnee und Kälte und Omas Plätzchen abhing, sondern vom Kind in der Krippe. Dieses Kind war Gottes großartiges Geschenk an die Menschen. Und darüber konnte sie sich überall freuen.

16. Harimaya
Khani, Nepal – ca. 1990

Eifrig schwatzend standen Harimaya und Ranjeeta, ihre beste Freundin, zusammen und schauten den Hang hinauf. Denn dort kamen Bhim Bahadur und die anderen älteren Dorfjungen aus dem Wald heraus mit den Schafen heruntergestiegen. Im Sommer grasten die Schafe in viertausend bis fünftausend Metern Höhe. Jetzt im Dezember wurden sie nach Khani heruntergeholt. Der Hauptteil des nepalesischen Dorfes lag nur etwa eintausendvierhundert Meter hoch. Doch viele der Häuser schmiegten sich weit verstreut und weit hinauf an den Berghang. Ihre Farben leuchteten noch frisch und schön: unten rot oder gelb oder grün, darüber in weiß. Erst vor gut zwei Monaten, zum hinduistischen Dashain-Fest, waren sie wie jedes Jahr neu gestrichen worden.

„Ob es wohl bald schneit?" Harimaya blinzelte zum Kumbhakarna hinauf. Der obere Teil des über achttausend Meter hohen Berges hüllte sich in dichte Wolken. Doch darunter leuchtete blendend weiß der Schnee hervor.

„Ich weiß nicht." Ranjeeta zuckte mit den Schultern. „Guck, dort kommt Bhim Bahadur allen anderen voran. Wie immer!" Ranjeeta hätte gern gewusst, wie Harimayas ältester Bruder über sie dachte. Aber eigentlich konnte sie sich solche Gedanken und heimlichen Wünsche sparen. Denn sehr selten suchten sich die jungen Männer eine Braut aus dem eigenen Dorf.

„Kommst du heut Abend mit zu der christlichen Jugendgruppe, die Ram Chandra gegründet hat, seit er vom College zurück ist?"

Ranjeeta schüttelte den Kopf. „Wirst du denn gehn?"

„Ja!" Harimaya nickte. „Bhim Bahadur nimmt mich mit. Du darfst dich uns gern anschließen." Ob das die Freundin nicht lockte?

„Was macht ihr denn da?"

„Oh, das ist sehr schön! Wir gehn jede Woche zweimal hin, singen zusammen, hören etwas aus dem heiligen Buch der Christen – sie nennen es Bibel – und beten dann zu ihrem Gott. Komm doch mal mit und schau's dir selbst an!"

„Ach nein, das ist mir zu gefährlich!"

„Gefährlich? Wieso?"

„Es ist verboten!", betonte Ranjeeta. „Mein Vater hat gesagt, in anderen Gegenden sind Leute ins Gefängnis geworfen worden, weil sie Christen wurden. Das kann hier auch noch passiern. Sie haben bisher bloß deshalb nichts gemacht, weil Ram Chandra ein Sohn des Dorfältesten ist."

„Ich werde trotzdem gehn. Es gefällt mir dort, und ich möcht noch mehr über den großen Gott der Christen hören. Aber jetzt muss ich heim und meiner Mutter helfen. Es ist schon fast vier Uhr; da kommen meine Geschwister gleich aus der Schule heim. Mehr als eine Stunde brauchen sie normalerweise von da unten nicht."

Harimaya verabschiedete sich und eilte heim. Wenig später stürmten Kamala und Gaumaya, ihre beiden jüngsten Schwestern, zur Tür herein.

„Guck mal, was wir haben!", rief Kamala, und beide hielten in jeder Hand eine Apfelsine hoch.

„Habt ihr die gepflückt?" Die Mutter runzelte die Stirn.

„Nein, nein, sie lagen auf dem Boden", beeilte sich Gaumaya zu versichern. „Gestern Abend war dort unten im Dorf ein Hagelsturm und hat eine Menge Apfelsinen runtergeschlagen. Und weil hier bei uns keine wachsen, haben wir uns welche aufgesammelt."

Die Mutter besah sich die Früchte. „Legt sie dort hinüber. Sie sind noch nicht ganz reif. Und dann kommt zum Essen. Der Kholi ist fertig." Sie stellte den Hirsebrei auf den Tisch.

Nach der kleinen Mahlzeit half Harimaya der Mutter bei der Vorbereitung des warmen Abendessens. Während sie Chili und Ingwer für die Soße zerstieß, dachte sie an Ranjeetas warnende Worte. War es wirklich so gefährlich, zu den christlichen Jugendstunden zu gehen? Es nahmen doch sogar zwei Lehrer aus der Grundschule daran teil. Und es gefiel ihr gut dort. Dieser mächtige Gott, so hatte Ram Chandra erklärt, war der einzige wahre Gott. Er hatte alles geschaffen: die hohen, majestätischen Berge, die zahlreichen Rhododendren, die im Frühjahr überall an den Berghängen so wunderschön leuchtend rot blühten, die Apfelbäume und Erdbeerpflanzen im Wald, deren Früchte so lecker schmeckten, den Weizen, die Hirse, den Mais, die Gerste und die Kartoffeln, die auf den fruchtbaren Feldern um Khani herum gediehen, die Kühe, Büffel, Schafe und Ziegen, die ihnen Milch zur Nahrung, Wolle zur Kleidung und Leder für Schuhe lieferten, und natürlich auch die Menschen, ihre Eltern, Geschwister, den ganzen Volksstamm der Limbu und darüber hinaus, von denen Harimaya nur aus der Schule etwas wusste. Für all das und unendlich viel mehr war dieser Gott der Schöpfer. Und was noch besser war: Dieser Gott liebte alle Menschen, kümmerte sich um sie und wollte ihnen helfen. „Nein", dachte Harimaya, „ich kann nicht wegbleiben. Ich muss unbedingt mehr über ihn erfahren!"

Zusammen mit Bhim Bahadur marschierte sie nach der Abendmahlzeit zum großen Haus des Dorfältesten. Alle hölzernen Fensterläden waren bereits geschlossen, damit die kalte Nachtluft nicht durch die Fensteröffnungen hereinströmen konnte. Denn jetzt im Dezember rutschten die Temperaturen schon fast bis zum Gefrierpunkt hinunter. Harimaya zog die fest gewebte wollene Jacke vorne noch weiter übereinander. Doch in dem Raum zwischen den achtzehn anderen jungen Leuten fiel das Frösteln bald von ihr ab.

„Heut will ich euch etwas ganz Besonderes berichten", begann Ram Chandra, nachdem sie eine Weile fröhlich und kräftig miteinander gesungen hatten. Und er erzählte, wie Gott sich entschied, als Mensch auf die Erde zu kommen, damit die Menschen seine Botschaft besser verstehen konnten. Um zu wissen, wie Menschen leben und fühlen, wurde er als kleines Baby namens Jesus in eine arme Familie geboren. Ram Chandra las die Weihnachtsgeschichte aus dem Lukas-Evangelium vor, ergänzte sie mit dem Bericht aus Matthäus über die Sterndeuter und erklärte, was das alles auch für die Menschen in Khani bedeutete.

„O nein, sie wollten sogar Gottes eigenen Sohn töten!", dachte Harimaya. „Wie schrecklich! Aber sollte ich mich da wundern, wenn sie die ins Gefängnis werfen, die an ihn glauben? Doch Gott hat seinen Sohn beschützt und wird auch uns helfen! Er ist so ganz anders und so viel besser als alles, was ich bisher kannte!" Aufmerksam hörte sie weiter zu.

„Jedes Jahr im Dezember denken die Christen in aller Welt an diese heilige Nacht und feiern ein Fest", schloss Ram Chandra. „Und deshalb wollte ich euch gerade heute davon erzählen. Damit auch wir mitfeiern können!"

17. Jean-Luc
Haiti – ca. 1980

„Denk dir, wir gehn von hier fort!" Der achtjährige Jean-Luc lief auf Pierre zu, den etwas älteren Nachbarsjungen.

„Aha!" Pierre runzelte die Stirn. „Und wo wollt ihr hin?"

„In das große Dorf unten an der Straße nach Port-au-Prince."

„Und was wollt ihr da?"

„Wir ziehen zu meinem Onkel Placide, in sein Haus", berichtete Jean-Luc. Seine braunen Augen funkelten aus dem dunklen Gesicht.

„Aha!" Pierre schob die Hände in die Taschen seiner Shorts. „Und warum tut ihr das?"

„Er ist viel reicher als wir. Stell dir vor, er hat vor Kurzem ein Seitengebäude gebaut, wo Tante ihr Feuer machen kann, so dass sie nicht mehr draußen kochen muss wie meine Mutter."

„Das ist wirklich enorm! Aber seid ihr sicher, dass dein Onkel euch haben will?"

„Meine Tante ist ja schließlich Mutters ältere Schwester. Da muss er für uns sorgen."

Pierre verzog das Gesicht. „Na, viel Glück! Wir wärn nicht begeistert, wenn Mamas Verwandte plötzlich einfach so bei uns auftauchten, um bei uns zu wohnen."

„Sie sind ja schließlich reicher als wir, wenn sie sogar einen Extra-Raum zum Kochen haben!" Jean-Luc schob seine Unterlippe vor. „Wir haben nur die zwei Räume zum Essen und Schlafen."

„Das haben hier doch fast alle nur! Kaum einer kann sich mehr leisten."

„Aber mein Onkel kann's!", rief Jean-Luc und stampfte seinen nackten Fuß auf den Boden.

„Ist ja schon gut; ich glaub's dir ja." Pierre grinste. Dann schaute er Jean-Luc in die Augen und legte ihm eine Hand auf die Schulter. „Denk dran, Jean-Luc! Geh nicht unterm Sablié-

Baum durch." Rasch wandte Pierre sich dann ab und rannte davon.

Jean-Luc fuhr sich mit einer Hand durch seine schwarzen Locken und seufzte, während er Pierre nachblickte. Dann drehte auch er sich um und trottete nach Hause. In Gedanken blieb er noch bei Pierre. „Geh nicht unterm Sablié-Baum durch", hatte der Freund ihn gemahnt. Das bedeutete so viel wie „Vergiss mich nicht! Vergiss nicht, wo du herkommst!" Unter einem Sablié-Baum hindurchgehen oder verweilen hieß, die Vergangenheit vergessen. Das glaubte Jean-Luc ebenso wie alle anderen hier in Haiti.

„Nein, ich will Pierre nicht vergessen", nahm Jean-Luc sich fest vor. „Er ist mein Freund. Ich werd ihn vermissen. Aber ... ob mein Onkel uns überhaupt aufnimmt?"

Daheim war alles bereit zum Aufbruch. Marie-Claude, Jean-Lucs fünfjährige Schwester, trug den kleinen Bruder auf dem Rücken. Der Vater schritt voraus, ihm nach die Mutter mit den Kindern. Mühsam suchten sie sich ihren Weg den steilen Berg hinunter. Große, rot leuchtende Weihnachtssterne gaben dem kargen Hang fröhliche Farbtupfer.

Weiter unten entdeckte Jean-Luc Ananaspflanzen, und später durchquerten sie einen Bananenhain. Die ganze Familie genoss das bisschen Schatten in der heißen Sonne der Karibik. Unter der kühlenden Krone eines Walnussbaumes ruhten sie sich etwas aus, bevor sie weiterwanderten.

Es begann bereits zu dämmern, als sie sich ihrem Ziel näherten. Entlang der Straße entzündeten die Händler die kleinen Kerzen in den übrig gebliebenen, kunstvoll verzierten Papierlaternen, die sie noch nicht verkauft hatten. Am heutigen Heiligen Abend war die letzte Chance, noch etwas damit zu verdienen.

„Es stimmt!", dachte Jean-Luc, als sie die Hütte des Onkels auftauchen sahen. „Er hat wirklich einen Extra-Raum zum Kochen gebaut. Ach, und da ist ja Esther!"

Die Cousine schaute aus der Tür des Hauptgebäudes. In der Hand hielt sie den Besen aus Bananenblättern, mit dem sie soeben die Hütte fürs Weihnachtsfest sauber gefegt hatte. Als sie die Familie Lorquet kommen sah, wandte sie sich um und verschwand im Innern. Einen Moment später stand der Onkel in der Tür.

Angespannt verfolgte Jean-Luc das Gespräch der beiden Männer. Der Onkel runzelte seine Stirn und schaute alle Familienmitglieder der Reihe nach an. Er wirkte nicht sonderlich erfreut über den unerwarteten Besuch. Dann murmelte er etwas von „warten" und zog sich ins Haus zurück. Jean-Luc hörte von drinnen mehrere Stimmen miteinander reden, konnte aber kaum etwas verstehen. Nur einzelne Wortfetzen drangen heraus. Einmal erkannte er den Namen „Jesus", dann war von „Gott" die Rede. Was mochte das mit ihrer Ankunft zu tun haben?

Schließlich öffnete der Onkel die Tür wieder, lächelte sie nun an und lud sie mit einer Handbewegung ein hereinzukommen. Hinter seiner Familie trat Jean-Luc in den Wohnraum ein. Viel anders als daheim sah es hier nicht aus. Außer dem einfachen Holztisch und einigen Stühlen aus Holz gab es weiter keine Möbel. Ob der Onkel wirklich so viel reicher war? Aber er hatte ja das Seitengebäude!

Um Mitternacht gingen beide Familien zur Kirche. Jean-Luc gesellte sich zu Joseph, seinem Cousin. Bald bemerkte er, dass sie nicht zur katholischen Kirche gingen, sondern zu einem anderen unbekannten Gebäude. Es war mit bunten Papierblättern geschmückt, wie er es gewöhnt war. Aber sie sangen ganz andere Lieder! Und wie sie sangen! Noch nie hatte Jean-Luc so fröhliches, kräftiges Singen erlebt.

Und erst die Predigt! Das klang so anders als alles, was er bisher gehört hatte. Natürlich wusste er, dass an Weihnachten die Geburt des Jesuskindes gefeiert wurde. Aber warum Jesus in unsere Welt geboren wurde, hatte ihm vorher nie jemand so klar gesagt. Und dass dieses Jesuskind jeden, der zu ihm kam, einfach so willkommen hieß, hatte er auch nicht gewusst. So ganz verstand er nicht, was damit gemeint war.

Nach dem Gottesdienst gab es im Haus des Onkels ein Essen. Zum Reis und den schwarzen Bohnen stand außerdem Chicklies, eine scharf gewürzte Soße, auf dem Tisch. Als die Tante dann auch noch Cabrite – gebratenes Ziegenfleisch – dazu brachte, sperrte Jean-Luc Augen und Mund weit auf. Nun zweifelte er nicht mehr am Reichtum des Onkels.

Als der Onkel lächelnd die ganze Familie zum Zugreifen einlud, begriff Jean-Luc plötzlich, was der Pfarrer gemeint hatte. So wie der Onkel ihnen die Tür geöffnet und die ganze Familie in sein Haus aufgenommen hatte, so ähnlich hatte Jesus durch sein Kommen auf diese Erde die Tür in den Himmel geöffnet und lud jeden zu sich ein. Das musste Jean-Luc unbedingt Pierre erzählen. Bei nächster Gelegenheit wollte er den Freund besuchen und ihm die gute Botschaft bringen.

18. Tatjana
Oberlauf der Wolga, Russland – ca. 1993

Tatjana stand am Fenster und versuchte, durch die vereisten Scheiben in das graue Licht des Mittags hinauszuspähen. Jetzt um die Wintersonnenwende herum gönnte der Tag hier oben im Norden, in dem kleinen Dorf an der Wolga irgendwo zwischen Jaroslawl und Kostroma, den Menschen und der Natur nicht mal vier Stunden Licht. Und selbst dieses bisschen Licht blieb trübe und verhalten.

Träge floss die Wolga vorm Fenster vorbei. Obwohl sie bis zur Mündung ins Kaspische Meer noch einen weiten Weg – über zweitausend Kilometer – zurückzulegen hatte, war sie hier bereits zu einem mächtigen Strom angeschwollen. Das schwermütige Lied der Wolgaschiffer, das im Sommer so oft übers Wasser klang, war verstummt. Nur die weiße, schweigende Welt des Winters dehnte sich am Ufer aus und hielt die weite nordrussische Landschaft fest im Griff.

Wie schön war auch der große Garten im Sommer gewesen, voller bunter Blumen, die Herz und Augen erfreuten, aber auch voller Obst und Gemüse, die den Magen füllten! Und ein Teil dieses Segens, den sie noch nicht hatten essen können, lagerte nun gut versorgt im Unterbau des blau gestrichenen Holzhauses, um die Familie durch den Winter zu bringen. Unter dem Schnee schlummerte der Garten leergeerntet einem neuen Frühling entgegen.

Hinter Tatjana, im nur schwach erhellten Zimmer, saß die Großmutter, hielt ihre schwieligen Hände im Schoß gefaltet und betrachtete ihre sechsjährige Enkelin. Das Kind stand schon eine Weile dort am Fenster, hauchte immer wieder gegen die Scheibe und bemühte sich, das Guckloch offen zu halten.

„Babuschka[23]?" Tatjana schaute zu den schlanken, grazilen, im Frost erstarrten Birken auf, die wie im Gänsemarsch

---

[23] russisch für Großmutter

den Gartenzaun flankierten. „Warum haben Bäume im Winter keine Blätter?"
„Weil sie im Herbst alt und welk und gelb geworden und abgefallen sind. Blätter leben nur einen Sommer lang. Im nächsten Jahr wachsen dann ihre Kinder."
„Aber warum leben sie nur so kurz?" Tatjana krauste die Stirn.
„Das weiß ich nicht, Kindchen."
Ein Weilchen blieb es still im Zimmer. Dann klagte Tatjana: „Babuschka, mir ist so langweilig. Erzählst du mir was?"
„Ach ja, mein Kind, komm nur her!"
Tatjana wandte sich vom Fenster ab, trippelte zur Ofenbank hinüber und schob sich auf den Schoß der Großmutter. Einen Arm schlang sie um den faltigen Hals der alten Frau und lehnte ihren Kopf an deren Schulter.

Die Großmutter legte die Arme um ihre Enkelin und erzählte ihr vom Christuskind, das vor fast zweitausend Jahren in einer kalten Winternacht zwischen den Tieren im Stall geboren worden war. „Und nachher gehn wir alle zur Kirche, um seine Geburt zu feiern", schloss sie.

In warmen Mänteln und Kopftüchern, der Vater mit Pelzkappe, stapfte später die Familie im Mondlicht die Straße entlang zur Kirche. Die Eltern gingen voraus. Die Mutter trug Alexej, Tatjanas knapp zweijähriges Brüderchen, auf dem Arm. Tatjana folgte mit der Großmutter, ihre kleine Hand in Babuschkas Rechte geschoben. Am Himmel leuchteten unzählige Sterne. Ob der Stern von Bethlehem wohl auch dabei war?

Die orthodoxe Dorfkirche war erst vergangenes Frühjahr wieder eröffnet worden, nachdem sie vor fast siebzig Jahren geschlossen und Gottesdienste verboten worden waren. Aber nun war auch ein Pope zurückgekehrt. Die Dörfler hatten, so gut es ging, das baufällig gewordene Gebäude instandgesetzt, und jetzt gab es endlich wieder regelmäßige Gottesdienste im Dorf.

Die Zwiebeltürme hoben sich scharf gegen das Mondlicht ab und warfen mächtige Schatten auf die verschneite Straße. Vor dem Eingangsportal klopften die Eltern und die Großmutter den Schnee von ihren Stiefeln, und das Mädchen tat es ihnen nach, sich an Großmutters Hand klammernd, um auf dem glatten Untergrund den Halt nicht zu verlieren.

Das huschende Licht vieler brennender Kerzen empfing die Neuankömmlinge, als sie den Kirchenraum betraten. Etliche Nachbarn standen bereits dort, andere kamen später. Die Festtagsliturgie, die wie alle orthodoxe Liturgie gesungen wurde, klang hell und rein, wie Himmelsglöckchen, durch den Raum.

„Ich kann nicht so lange stehen", flüsterte die Großmutter Tatjana zu. „Willst du mitkommen?"

Das Mädchen nickte. Miteinander tappten die beiden so leise wie möglich zur hinteren Wand, an der sich eine Bank entlangzog – für die, die nicht die vielen Stunden stehen konnten, die der Gottesdienst normalerweise dauerte. Die Großmutter ließ sich aufatmend nieder. Tatjana setzte sich neben sie und kuschelte sich eng an ihren Mantel, den Kopf gegen den festen Wollstoff gelehnt.

Eine Weile betrachtete das Kind noch die bunten Wandmalereien, blinzelte in den Kerzenschein und lauschte auf den schönen Gesang. Dann wurden ihr die Lider schwer, und sie schlummerte ein. Sie erwachte erst, als die Mutter ihr über den Arm strich. „Komm", flüsterte sie, „wir gehn heim. Alyoscha[24] wird zu unruhig."

Während des Gottesdienstes war das Wetter umgeschlagen. Dichte Wolken verbargen Mond und Sterne, und hinter dem Licht, das durch die Butzenscheiben der Kirchenfenster fiel und Muster auf den weißen Grund malte, wartete undurchdringliche Finsternis.

Der Vater entzündete die Laterne, die er im Winter vorsichtshalber immer mitnahm. Sie waren kaum aus dem Lichtkreis der Kirche getreten, als es heftig zu schneien begann. Die Flocken glitzerten silbrigweiß um die Laterne.

Tatjana klammerte sich fest an Großmutters Hand. Kaum konnte sie die Umrisse ihrer Eltern vor sich erkennen. Hoffentlich verloren sie sie nicht ganz aus den Augen. Wie sollten sie ohne Laterne den Weg finden? Würden sie sich dann

---

[24] Koseform für Alexej

verirren, vielleicht sogar aus Versehen in die Wolga laufen? Auf das Eis, das sich am Rand gebildet hatte? Und das dann irgendwann nachgab und sie ins eisige Wasser fallen ließ? Tatjanas Herz klopfte heftig.

Hatte die Großmutter ihr nicht erst vor Kurzem eine Geschichte erzählt von einem Jungen, der sich leichtsinnig auf das dünne Eis gewagt hatte, eingebrochen war, von der Strömung unters Eis gespült worden und ertrunken war? Trotz der Kälte wurde Tatjana ganz heiß, als sie daran dachte.

Der Schneefall wurde immer dichter, und nun begann auch der Wind heftig zu blasen. Tatjana hatte Mühe, sich gegen ihn zu stemmen. Und dann war es plötzlich völlig dunkel. Der Sturm hatte das Laternenlicht ausgelöscht.

Fast wären Tatjana und ihre Großmutter gefallen, so heftig stießen sie gegen die Eltern, die abrupt stehen geblieben waren. Der Vater mühte sich, das Licht in der Laterne wieder zu entzünden. Doch der immer stärker werdende Sturm machte alle Versuche zunichte. Als die Mutter begann, mit den Füßen zu stampfen, weil ihr immer kälter wurde, gab der Vater schließlich auf. Tatjana wusste nicht, ob sie mehr vor Kälte oder mehr vor Angst zitterte.

„Kommt, wir dürfen uns nicht verlieren und sollten uns deshalb alle unterhaken", gebot der Vater. „Tatjana, häng dich an meinen rechten Arm; ich muss die Laterne noch tragen. Babuschka soll dich von der anderen Seite festhalten." Er selbst legte seinen linken Arm um die Schultern seiner Frau, die Alexej trug.

Vorsichtig tastete Tatjana nach ihres Vaters Arm und krallte sich daran fest, während die Großmutter die andere Hand ihrer Enkelin umfasste. Schritt für Schritt kämpften sie sich so vorwärts, darauf hoffend, den Weg nicht zu verfehlen.

Durch den Sturm hörte Tatjana, wie die Großmutter vor sich hinsprach. „Was hast du gesagt, Babuschka?", fragte sie zähneklappernd.

„Nichts, Kind! Ich bete nur, dass Gott uns bald heimfinden lässt!"

Obwohl es nicht lange dauerte, erschien es Tatjana, als seien sie bereits Stunden unterwegs. Plötzlich stieß die

Großmutter gegen etwas Hartes und rief: „Halt! Ist das hier nicht unser Zaun?"

Und er war es! „Gott sei Dank!", raunte die Mutter, als der Vater die Haustür öffnete und innen im Haus eine Kerze entzündete. Kurz darauf brannte auch die Petroleumlampe und verbreitete ihr sanftes Licht.

Während die Mutter Alexej versorgte und zu Bett brachte, füllte die Großmutter den Samowar mit Wasser, schob Holzkohle in das Öfchen im unteren Teil des Samowars und zündete sie an. Auf die Konforka, das Krönchen oben am Schornstein des Gerätes, stellte sie die Kanne mit dem Tee-Konzentrat.

Nach einer Weile begann der Samowar zu summen und zu schnaufen und zu dampfen. Die Mutter, die sich mittlerweile zu ihnen gesellt hatte, goss etwas von dem starken Teesud in die Tassen und füllte mit kochendem Wasser auf. Ach, wie tat nach der Kälte und dem Schrecken der heiße Tee doch gut! Wie wohlig die Wärme durch alle Glieder floss!

Schaudernd dachte Tatjana an den finsteren Marsch zurück. Dann seufzte sie tief auf. „Danke, lieber Gott!", flüsterte sie. „Danke, dass du Babuschkas Gebet erhört hast!"

19. Khaya
Bulawayo, Simbabwe – ca. 2000

Mit schreckgeweiteten Augen starrte Khaya auf die Frau, die vor ihr stand. Sie kannte sie, wohnte sie doch nur ein paar Häuser weiter. Ärmliche Häuschen waren es, in denen sich eine ganze Ndebele-Familie, oft sogar mehrere, in einem einzigen Raum drängte. Die Luft unter den Wellblechdächern war im Sommer schwül und stickig. Jedes der winzigen Häuser glich den zahlreichen anderen in diesem Vorort Bulawayos, der größten Stadt in Matabeleland, dem südlichen Teil Simbabwes.

Was hatte die Nachbarin gesagt? Khaya versuchte angestrengt, die Worte zu erfassen – und sie gleichzeitig wegzuschieben. Es durfte einfach nicht wahr sein! „Auch deine Mutter wird sterben", hatte die Frau gesagt. Oder nicht? Es klang wie eine normale Feststellung, so wie „Ich muss noch was einkaufen gehen" oder so.

Nein, das durfte einfach nicht wahr sein! Reichte es denn nicht, dass im vorigen Winter bereits ihr Vater gestorben war? Und davor ihre Onkel und Tanten? Die Mutter war die Letzte ihrer Familie, die noch lebte. Aber auch sie war krank. Was sollten Khaya, ihre Schwester Dalitso und Jabulani, das kleine, kaum einjährige Brüderchen, nur tun, wenn die Mutter sie auch noch verließ?

„Aids hat deine Mutter", hatte die Nachbarin gesagt. „Wie dein Vater auch. Und all die anderen. Auch deine Mutter wird sterben."

Khayas Herz krampfte sich zusammen. Nein, das durfte nicht sein! Nicht die Mutter, ihre geliebte Mutter! Angstvoll hastete sie nach Hause. Doch ihre Mutter lag so da, wie sie sie morgens verlassen hatte.

Zwei Tage später musste Khaya wieder ausgehen, um etwas zum Essen einzutauschen. Bald würden sie nichts mehr haben, was sie hergeben konnten. Mit schwerem Herzen rannte sie heimwärts, ihre Hand um die Banane krampfend, die sie hatte erwerben können.

Noch bevor sie ihre armselige Behausung erreicht hatte, hörte sie Dalitso weinen: „Mama! Mama!" Und als Khaya atemlos die Tür aufstieß, schrie ihre Schwester: „Mama? Mama? Warum bist du denn so kalt?"

Mit wenigen großen Schritten stand Khaya neben Dalitso und schaute auf ihre Mutter, die regungslos, mit geschlossenen Augen, auf dem Lager ruhte. Sie griff nach der Hand der Mutter und ließ sie sofort wieder fallen.

Also doch! Die Nachbarin hatte recht gehabt. Vor Entsetzen stand Khaya wie betäubt, keines weiteren Gedankens mehr fähig.

Jabulanis Schreien, der Hunger hatte, riss Khaya aus ihrer Erstarrung. Obwohl sie erst sieben Jahre alt war, erkannte sie, dass sie als Älteste nun für ihre beiden kleineren Geschwister sorgen musste. Was sollte sie nur tun? „Jesus, hilf uns!", schrie sie innerlich.

Pastor Mutowa! Wie ein Blitz durchschoss sie der Gedanke. Pastor Mutowa und seine Frau waren in den letzten Monaten, seit die Mutter so krank war, dass sie nicht mehr arbeiten konnte, immer wieder gekommen und hatten ihnen Sadza[25] und verschiedene Gemüse gebracht. Gewiss würden sie ihnen jetzt auch helfen und ihr sagen, was sie tun sollte. Vielleicht wussten sie eine Möglichkeit, wo Khaya arbeiten konnte, um sich und ihre Geschwister zu ernähren.

„Komm, Dalitso!" Khaya hob Jabulani vom Boden auf und band ihn sich auf den Rücken. „Komm, wir gehen. Hier können wir nicht allein bleiben." Sie fasste die Vierjährige an der Hand und zog sie aus dem dumpfen Raum in den gleißend hellen Sommertag hinaus.

Jetzt im Dezember, dem Sommer auf der südlichen Halbkugel, stand die Sonne hoch am Himmel und brannte unbarmherzig auf die fast schattenlosen Straßen nieder. Immer wieder blieb Dalitso stehen und jammerte: „Mir ist so heiß! Ich kann nicht mehr laufen. Und ich hab so großen Durst!"

---

[25] Maisbrei

Doch Khaya zog sie entschlossen weiter. Ein innerer Drang trieb sie vorwärts. Es hätte ohnehin nichts geholfen, in der sengenden Sonne am Straßenrand herumzusitzen. Nur einmal, als ein einsamer Baum etwas Schatten spendete, erlaubte sie sich und ihrem Schwesterchen ein paar Minuten des Ausruhens. Doch bald drängte sie weiter.

Endlich erreichten sie die Kirche. Doch die Tür war verschlossen. Khaya hockte sich mit Dalitso und Jabulani so eng wie möglich davor, um den schmalen Streifen Schatten auszunutzen. Jabulani begann wieder zu schreien, Dalitso wimmerte leise, doch Khaya biss die Zähne zusammen und starrte vor sich hin.

Es dauerte nicht lange, da näherten sich leichte Schritte. Eine bekannte Stimme fragte: „Khaya! Warum seid ihr zu dieser Zeit hier? In der Mittagshitze? Ist was mit eurer Mutter?"

Die teilnahmsvollen Worte der Pastorenfrau lösten Khaya aus ihrer Starre. Sie brach in heftiges Weinen aus. „Mutter ist tot!", stieß sie mühsam hervor. „Wir sind ganz allein!"

„Oh, ihr armen Kinder!" Frau Mutowa bückte sich und hob Jabulani auf ihren Arm. Dann strich sie beiden Mädchen über den Kopf. „Kommt mit mir! Ich glaube, ihr braucht erst mal was zu essen und zu trinken."

Ihr Schluchzen hinunterwürgend, trippelte Khaya mit gesenktem Kopf hinter der Pastorenfrau her, Dalitso an der Hand mitziehend. Neben der Kirche betraten sie das kleine Haus, in dem das Pastorenehepaar nun allein wohnte, nachdem ihre Kinder alle vier geheiratet hatten und ausgezogen waren.

Während die Mädchen ihren Durst und Hunger stillten, fütterte Frau Mutowa den kleinen Jungen. Dann schlug sie vor: „Ich muss drüben die Kirche schmücken, denn morgen ist ja Weihnachten. Wollt ihr mitkommen und mir helfen?"

Wie sie vermutet hatte, lenkte die Beschäftigung die Mädchen für eine Weile wenigstens etwas von ihrem Kummer ab. Das Baby schlief inzwischen auf einer Decke vorn beim Altar auf dem Boden, wo Frau Mutowa ihn im Blick behalten konnte. Mit traurigen, ernsten Gesichtern, aber willig folgten die beiden Mädchen den Anweisungen, und nach einiger

Zeit glitzerte und glänzte die ganze Kirche im bunten Festtagsschmuck.

Fürs Abendessen kochte die Pastorenfrau Mutakura[26] und reichte dazu Rbhitrudi[27]. So etwas Gutes hatten die Kinder schon lange nicht mehr bekommen, und so aßen sie sich trotz ihres Kummers satt.

Nach dem Essen räusperte sich Pastor Mutowa und blickte die Mädchen an. „Khaya, Dalitso, und auch du, Jabulani" – er lächelte dem kleinen Jungen zu, der gesättigt und daher zufrieden auf dem Schoß seiner Frau saß, und wandte sich dann wieder an die Mädchen: „Für eure Mutter ist gesorgt. Ich habe mich, während ihr in der Kirche wart, darum gekümmert, dass sie ordentlich beerdigt wird. Aber ihr habt nun keine Verwandten, habt niemanden mehr. Ihr seid ganz allein. Darum frage ich euch: Wollt ihr bei uns bleiben? So als wärt ihr unsere Kinder? Wir haben zwar selbst nicht viel, aber Gott hat uns noch nie im Stich gelassen. Er wird uns gewiss helfen, für euch zu sorgen."

Khaya knetete ihre Hände im Schoß. Das war nicht, was sie erwartet hatte. Einen Rat hatte sie erhofft, vielleicht ein gutes Wort bei jemandem, der ihr Arbeit geben konnte. Aber dies? Das klang fast zu gut, um wahr zu sein. Meinte er das wirklich ernst? Immerhin waren sie doch kein bisschen mit ihm verwandt! Sie hob den Kopf und schaute fragend auf den Mann, der ihr in diesem Augenblick wie ein Engel vom Himmel erschien.

Pastor Mutowa schmunzelte leicht. „Ja, Kinder, wir meinen das so, wie ich's gesagt habe. Morgen ist Weihnachten. Da feiern wir, dass Gott uns seinen Sohn geschenkt hat. Und in diesem Jahr hat er uns gleich drei Kinder auf einmal dazugegeben. Wollt ihr das? Wie unsere Kinder bei uns leben?"

Mit großen Augen blickte Khaya erst auf den Pastor, dann auf seine Frau, die ihr lächelnd zunickte. Sie schluckte heftig. „Ja", sagte sie dann leise, „ja, wir wolln gerne bleiben. Ihr seid so gut zu uns! Und wir wissen ja nicht, wohin wir sonst gehn könnten. Wenn ihr uns wirklich haben wollt, bleiben

---

[26] Bohnengemüse mit Schwarzaugenbohnen
[27] Rote Rüben

wir gern! Vielen Dank! Vielen, vielen Dank!" Und noch leiser ergänzte sie: „Danke, Jesus! Oh, danke!"

Tief und ausgiebig atmete sie durch, und zum ersten Mal an diesem Tag wich der Ausdruck der Verzweiflung aus ihren Augen.

20. Binoy
Naogaon, Bangladesch – ca. 2004

Nach einem langen Tag trieb Binoy die Ziege heim, die seiner Familie gehörte. Seit ein paar Tagen war das Wetter kühler geworden, und er fror in seinem dünnen Hemd. Im vorigen Frühjahr war er neun Jahre alt geworden, und seither war ihm die Aufgabe des Hütens zugefallen. Nayan, mit 16 Jahren der Älteste unter den fünf Geschwistern, arbeitete mittlerweile als Tagelöhner auf den Feldern, um etwas Geld zum Einkommen der Santal-Familie beizutragen. Die beiden Brüder wohnten mit ihren Eltern und Geschwistern in einem kleinen Dorf in Naogaon im Norden Bangladeschs.

„Mmh, riecht das gut!" Je weiter sich Binoy seinem Elternhaus näherte, desto deutlicher zog ihm der Duft der Linsensuppe entgegen, die seine Mutter fürs Abendessen über der offenen Feuerstelle bereitete. Und desto stärker knurrte sein Magen. Seit dem Morgen hatte er nichts zu essen bekommen. Er beschleunigte seine Schritte und trat wenig später in die elterliche Lehmhütte. Die hübschen Muster, die seine Mutter mit ausgepresstem Pflanzensaft an die glatt gestrichenen Wände gemalt hatte, beachtete er nicht. Er war hungrig, und er freute sich auf die nahrhafte Mahlzeit.

Minoti und Shefali, seine beiden kleinen Schwestern, spielten mit ihren Puppen, die die Mutter ihnen aus Lehm und Stoffresten geformt hatte. Die Mutter selbst stand an dem großen Topf aus gebranntem Lehm und füllte das fertige Linsengericht mit Reis in die bereitstehenden Kokosnuss-Schalen der einzelnen Familienmitglieder. Bevor sie sich im Schneidersitz niederließen, wuschen sie sich die Hände.

Der Vater, der kurz vor Binoy zusammen mit Nayan heimgekommen war, dankte dem neuen Gott für das gute Essen, bevor sie es sich schmecken ließen. Geschickt formte Binoy mit den Fingern seiner rechten Hand kleine Kugeln und schob sie sich in den Mund. Mmh, war das gut!

Nachdem sein Hunger gestillt war, atmete Binoy tief durch, leckte sich die Lippen und blickte sich in der Familie um. Eigentlich hätten noch zwei weitere Geschwister in die Runde gehört. Doch sie waren als Babys gestorben. Binoy hatte sie nie gesehen, denn sie waren zwischen ihm und Nayan geboren worden. Aber seit die Gesundheitsfürsorgerin von der christlichen Kirche regelmäßig ins Dorf kam, waren erheblich weniger Babys gestorben. Nicht nur Minoti und Shefali, inzwischen sechs und drei Jahre alt, hatten das erste Lebensjahr überlebt. Auch Nipen, der acht Monate alte Jüngste, schien gesund und kräftig genug, um es zu schaffen.

Bald nach der Abendmahlzeit legte sich die Familie auf die Schlafmatten aus geflochtenen Dattelpalmenblättern. Denn morgen war ein besonderer Tag. Zum ersten Mal wollte die Familie an der Weihnachtsfeier in der christlichen Gemeinde teilnehmen, die es seit zwei Jahren im größeren Nachbardorf gab.

Am nächsten Tag kleidete sich die gesamte Familie in die Sachen, die die Mutter am Vortag im Teich frisch gewaschen hatte. Minoti, als Einzige in einem neuen Kleidchen, half ihrer kleinen Schwester Shefali, sich anzuziehen. Die Mutter trug den schöneren und neueren ihrer beiden Saris, und an ihren Armen klapperten Armreifen aus Plastik. Hintereinander wanderten sie dann auf den schmalen Pfaden zwischen den Reisfeldern, dem Zuckerrohr und dem fast mannshohen Mais ins Nachbardorf.

Die Christen versammelten sich zum Weihnachtsgottesdienst im Innenhof des Kinder-Zentrums der Kirche. Schon von Weitem schallten Binoy und seiner Familie die frohen Weihnachtslieder entgegen. Den ganzen Dezember durch waren sie immer wieder kräftig und lebhaft gesungen worden, und jedes Mal schienen sie noch frischer und fröhlicher zu klingen.

Die Wände des Zentrums waren mit buntem Papier festlich geschmückt. Binoy folgte seinem Vater und Nayan auf die rechte Seite zu den Männern, während die Mutter sich mit Minoti und Shefali zu den Frauen auf der linken Seite gesellte. Den kleinen Nipen setzte sie zu ihren Füßen ab, und im nächsten Moment sangen und klatschten sie im Rhythmus des Liedes mit.

Nach dem Singen setzten sich alle im Schneidersitz auf den Boden, und die Vorführungen begannen. Minoti wirkte in mehreren kurzen Theaterstückchen mit, die die Kinder des Zentrums wochenlang eingeübt hatten. Shefali ersehnte den Tag, an dem sie fünf Jahre alt werden würde. Denn dann dürfte sie auch jeden Tag ins Zentrum gehen, so wie ihre große Schwester. Minoti hatte ihr viel davon erzählt, von den Spielen und Geschichten und anderem mehr.

Binoy betrachtete zunächst die winzige Lehmhütte, die vorne auf einem Tischchen aufgestellt war. Stroh bedeckte den Boden; es sollte darauf hindeuten, dass das göttliche Baby nach seiner Geburt in eine Futterkrippe gelegt worden war. Dann schaute Binoy interessiert den Theaterstücken und sonstigen Vorführungen zu und nahm begeistert an einigen Spielen teil.

Schließlich begann der Pastor mit seiner Weihnachtspredigt. Er erzählte, wie damals niemand einen Platz anbieten konnte, wo die weit hergereisten Josef und Maria übernachten konnten, wie ein Mann ihnen endlich erlaubte, seinen Stall zu benutzen, und wie neben den Tieren das göttliche Kind geboren wurde. Gott selbst kam auf die Erde, und das nicht in einem strahlenden Palast, sondern arm und gering in einem schmutzigen Stall. Und dann erklärte der Pastor: „Dieses Gottes-Baby, dieser Jesus, möchte zu allen kommen, die ihm ihr Herz öffnen und ihn darin wohnen lassen."

Gebannt starrte Binoy auf den Pastor. Zum ersten Mal begann er zu verstehen, was seine Eltern nun seit etlichen Monaten glaubten und seither auch ihren Kindern weiterzugeben versuchten.

Nach dem Gottesdienst bereiteten die Frauen der Gemeinde das weihnachtliche Festessen: Chapati[28] mit Schweinefleisch in Currysoße. Und zum Nachtisch lockte süßer Reispudding. Doch Binoy dachte zunächst nicht ans Essen. In seinem Innern bewegte er die Worte des Pastors. Galt das auch für ihn? Wollte Jesus auch zu ihm, Binoy, kommen und in seinem Herzen wohnen?

---

[28] Brotfladen aus Weizenmehl, Wasser und etwas Salz

Und dann zog die Gewissheit bei ihm ein. „Ja, lieber Jesus", flüsterte er, „du meinst auch mich. Und ich möchte dir mein Herz öffnen und dich hereinlassen. Danke, dass du auch für mich auf die Erde gekommen bist."

Große, überwältigende Freude durchströmte ihn. Mit einem breiten, frohen Lächeln auf dem Gesicht reihte er sich in die Schlange der Gottesdienstbesucher ein, um das köstliche Weihnachtsessen so richtig zu genießen.

21. Flavia
Cuernavaca, Mexiko – ca. 2001

Haushoch überragte der Weihnachtsstern die kleine Hütte hinten im Garten der Familie Mendoza. Gestern im Sonnenlicht hatte die Runde der obersten Blätter – so groß wie ein Wagenrad – wunderschön tiefrot geleuchtet. Doch so früh am Morgen, wie Flavia nun aus der Hütte trat, konnte sie nur schemenhaft die Umrisse des riesigen Busches gegen den schwach erhellten Himmel erkennen. Seufzend schloss sie die Tür der Hütte, seit wenigen Tagen ihr neues Zuhause. Ihre Gedanken weilten daheim im Indianerdorf der Nahuas bei ihrer Familie. Viel lieber wäre sie jetzt ihrer Mutter bei den Vorbereitungen für den Weihnachtstag zur Hand gegangen, hätte mit ihr Pozole, die traditionelle Weihnachts-Maissuppe gekocht. Aber mit sechzehn Jahren war sie mittlerweile alt genug, um ihre Familie finanziell zu entlasten und sich selbst ihren Lebensunterhalt zu verdienen. So war sie wie viele andere Mädchen ihres Dorfes nach Cuernavaca gezogen, um bei einer der mexikanischen Familien als Muchacha, als Hausgehilfin, zu arbeiten.

Während sie an ihre Eltern und Geschwister dachte, die so hart ums Überleben kämpfen mussten, drang plötzlich ein warnendes Rasseln von der Seite an ihr Ohr. Ohne sich erst nach der Stelle umzudrehen, wo das Geräusch herkam, raste sie zum Haus der Familie hinüber, das mit seinen zwei Stockwerken noch grau in der Morgendämmerung vor ihr aufragte. Hastig schlug sie die Tür hinter sich zu, lehnte sich von innen dagegen und schloss zitternd die Augen.

Eine Klapperschlange! Hier in der Stadt! Im Garten! Flavia wusste, welch furchtbare Folgen ein Biss dieser hochgiftigen Schlange nach sich zog. „Und ich muss spätabends im Dunkeln zu meiner Hütte zurück! Wie soll ich die erreichen, ohne von dem Tier angegriffen zu werden? Und muss ich nicht auch die Familie warnen?" Wenn nun Yolanda, die niedliche Jüngste der Familie, die Flavia sofort ins Herz geschlossen hatte, im Garten spielen wollte und gebissen wurde? Wäre sie dann nicht schuld, wenn die Kleine qualvoll starb?

Immer noch heftig zitternd, löste Flavia sich von der Tür und schlich in die Küche. Dort werkelte bereits Elda, die langjährige Hausgehilfin. Da sie demnächst heiraten würde, sollte sie Flavia als neue Muchacha einarbeiten. Noch wohnte sie bei ihrer Familie in einem der wenigen Armenviertel der Stadt. In Cuernavaca, der „Stadt des ewigen Frühlings", lebten vor allem wohlhabende Mexikaner.

Als Flavia in die Küche trat, sah Elda auf. „Endlich; das wurde aber Zeit! Aber was ist denn mit dir los! Du bebst ja an allen Gliedern!"

„Da ... da hinten im ... im Garten", stotterte Flavia, und ihre heftig zitternde Hand wies zur Hintertür, „da ist eine Klapperschlange, und ..."

„Ach was!", unterbrach Elda. „Die kommen doch nicht bis hierher in die Stadt. Ich hab in den ganzen Jahren noch keine einzige hier gesehen. Rede nicht solchen Unsinn! Komm her und hilf beim Frühstück! Wir haben heute viel zu tun!"

Keinen Widerspruch wagend, gehorchte Flavia. Aber den Gedanken an das Rasseln im Garten konnte sie nicht abschütteln. Er verfolgte sie auch nach dem Frühstück, als sie den Staub von den Möbeln wischte. Sie mühte sich, bei aller Eile vorsichtig zu sein, um keine der Schnitzereien an den aus Pinienholz handgefertigten, kostbaren Möbeln zu beschädigen.

Vor dem bunt geschmückten Tannenbaum blieb sie einen Moment stehen und starrte ihn an. Weihnachten! Der Tag, an dem die Geburt des Jesuskindes gefeiert wurde! Jesus war Gottes Sohn! Ob er sie nicht vor der Gefahr beschützen könnte? „O Jesus, hilf uns!", flüsterte sie. „Lass doch bitte die Schlange aus dem Garten verschwinden!"

Nachdem Flavia alles sorgfältig gemäß Eldas Anweisungen geputzt hatte, musste sie noch die Festkleider für Señora Mendoza und ihre Töchter bügeln. Am Nachmittag nahm Elda Flavia dann mit zum Einkaufen. Als sie durch den Garten zur Pforte gingen, schaute Flavia sich vorsichtig um und horchte angestrengt. Aber im Lärm des geschäftigen Tages würde so ein Geräusch ohnehin verschluckt werden.

Miteinander eilten sie die Straßen zu den Läden hinunter. An mehreren Stellen hingen Piñatas, mit farbigem Krepppapier umwundene Tontöpfe oder dekorierte Figuren aus Karton, über der Mitte der Straße. Lieder erklangen, und Kinder mit verbundenen Augen versuchten, mit einem Stock ein Stück von der Figur – meistens waren es Sterne – abzuschlagen. Gelang es ihnen, fielen Früchte und Süßigkeiten heraus, die die Kinder jauchzend aufsammelten.

Als Elda und Flavia das erste Geschäft betraten, schallte ihnen Weihnachtsmusik entgegen. Zielsicher wählte Elda die Zutaten für den Ponche Navideño, den traditionellen mexikanischen Weihnachtspunsch, aus: Orangen, Guaven und natürlich Tejocotes, den mexikanischen Weißdorn, dazu Rosinen, Walnüsse und weitere Früchte, außerdem Zuckerstangen.

Dann eilten die beiden weiter zum Fischgeschäft, um Bacalao – Kabeljau – zu kaufen, der mit Oliven, Rosinen und Gewürzen zum typischen Weihnachtssalat gehörte.

Je weiter sich Elda und Flavia auf dem Heimweg dem Haus der Familie Mendoza näherten, desto nervöser wurde Flavia. Im Eifer der Einkäufe und der festlichen Eindrücke von unterwegs war der Schreck des Morgens in den Hintergrund gedrängt worden. Doch jetzt meldete er sich immer stärker zurück. Ob das Jesuskind wohl ihr Gebet gehört hatte?

Sobald sie das Haus betraten, hörten sie erregte Stimmen. Andres und Sergio, die beiden Söhne, schrien durcheinander, dazwischen erklangen die hohen Stimmen der Señora und Maria-Elenas, der älteren Tochter, ab und zu auch der tiefe Bass von Señor Mendoza. Nur das feine Stimmchen von Yolanda fehlte. Konnte sie sich nur gegen die anderen nicht durchsetzen? Oder …?

Mit klopfendem Herzen folgte Flavia Elda in die Küche. War Yolanda etwas passiert? War sie womöglich von der Schlange gebissen worden? Es fiel Flavia schwer, sich auf die Vorbereitung des Festessens zu konzentrieren. Der Truthahn musste gefüllt und in den Ofen geschoben werden, damit er für das große Festmahl am späten Abend garen konnte. Die Zutaten für den Punsch und den Kabeljausalat warteten darauf, gewaschen, geschält, geschnitten zu werden und was sonst noch zur Vorbereitung erforderlich war. Zwar würde die gesamte Familie erst in die katholische Kirche zum Weihnachtsgottesdienst gehen, der um sechs Uhr abends begann. Aber da Yolanda noch so klein war, sollte es das Weihnachtsessen nicht erst um elf Uhr, wie allgemein üblich, sondern zwei Stunden früher geben. Und Flavia würde dabei bedienen dürfen.

Noch bevor die Familie zum Gottesdienst aufbrach, stürmte Sergio in die Küche. „Wir haben eine Klapperschlange im Garten!", schrie er. „Aber Papa hat sie getötet!"

„Hat die Schlange Señorita Yolanda gebissen?", wollte Flavia fragen. Aber ihr versagte die Stimme. Elda warf einen kurzen Blick auf Flavia und wandte sich Sergio zu: „Wurde jemand gebissen?"

„Nein!" Sergio schüttelte den Kopf. Dann klopfte er sich auf die Brust und verkündete: „Ich hab sie zuerst entdeckt und gleich Papa Bescheid gesagt!"

Flavia schloss die Augen und atmete tief durch. Ihr Gebet war tatsächlich erhört worden! Die Gefahr war vorüber! Erleichterung durchflutete sie von Kopf bis Fuß. Mit neuer Energie schälte sie die Orangen für den Punsch.

Nachdem die Familie vom Gottesdienst zurückgekehrt war, kam Yolanda in die Küche geschlichen. Sie zupfte Flavia am Kleid und reichte ihr ein Blatt Papier. „Guck, das ist das Jesuskind in der Krippe", erklärte sie. „Und das sind die Jungfrau Maria und Josef." Ihr kleiner Finger tippte auf das entsprechende farbige Gekritzel. „Und der Ochse und der Esel. Und das da oben sind die Engel. Die singen ‚Ehre sei Gott in der Höhe und Friede auf Erden'. Ich hab das Bild für dich gemalt, damit du auch Weihnachten feiern kannst!"

Warme Freude durchrieselte Flavia. „Gracias, Señorita Yolanda", sagte sie leise und beugte sich zu dem Kind hinunter. „Vielen Dank!"

22. Marit
Kiruna, Lappland, Schweden – ca. 1995

„Heute ist Julabend!" Mikael sah es als seine Aufgabe an, seine kleine Schwester Marit zu belehren. Denn die Vierjährige konnte sich gewiss nicht an den vorigen Heiligabend erinnern. Er war ja schon ein ganzes Jahr her!

„Au fein!" Marit klatschte in die Hände. „Dann kommt heut ja Jultomte mit dem Rentierschlitten und bringt schöne Geschenke für uns!"

„Wer hat dir denn den Quatsch erzählt!" Mikael kam sich mit seinen sieben Jahren sehr alt und weise vor, weil er nicht mehr an den Weihnachtsmann glaubte. „Jultomte gibt es nicht. Das ist nur ein Märchen, das die Leute erfunden haben. Die Geschenke legen Mamsen und Pappsen[29] unter den Tannenbaum."

Marit schaute ihren großen Bruder an, ihre kleine Stirn zusammenziehend. Konnte das stimmen? Dann tänzelte sie zur Mutter hinüber und zupfte sie am Rock. „Wo ist Pappsen? Wann kommt Pappsen endlich heim?"

„Pappsen ist Patienten besuchen gefahren. Er will nach den älteren Leuten gucken und ihnen einen Weihnachtsgruß bringen, weißt du? Ein Tütchen mit den Pfefferkuchen, die wir gestern gebacken haben. Erinnerst du dich?"

„Oh, ja!" Marit nickte heftig mit dem Kopf. Das hatte sie keineswegs vergessen, wie sie emsig mitgeholfen hatte, mit den Ausstechformen die Figuren auszustechen, und wie gut es in der Küche geduftet hatte, als die Pfefferkuchen fertig aus dem Ofen kamen. Dass sie sich ebenso eifrig mit ihrem Bruder um die schönsten Formen gestritten hatte, das hatte sie schleunigst wieder aus ihrem Gedächtnis gestrichen.

„Was machst du da?", fragte sie nun.

„Das Festessen für heute Abend vorbereiten."

„Mmmh, gibt's wieder Schinkenbraten? Mit der süßen Senfkruste?" Mikael leckte sich die Lippen.

---

[29] So reden kleine schwedische Kinder ihre Eltern an

„Natürlich! Und Rotkohl und Heringssalat und all die anderen guten Sachen, die zu einem richtigen Weihnachtsessen gehören", bestätigte die Mutter. „Aber nun stört mich nicht; es ist ja schon Mittag vorbei, und ich hab noch viel zu tun."

„Komm, Marit!" Mikael fasste nach ihrer Hand. „Wir gucken raus, ob Pappsen kommt." Er half ihr, einen Stuhl ans Fenster zu schieben und hinaufzuklettern. Dann stellte er sich daneben.

„Ja, Kinder, schaut nach Pappsen aus", stimmte die Mutter zu. „Er müsste eigentlich jetzt jeden Moment kommen." Sie wandte sich wieder ihren Vorbereitungen zu. Auch wenn sie nun seit dem Sommer hier oben in Kiruna in der Provinz Norbotten wohnten, sollte es dennoch ein Weihnachtsfest geben, wie sie es von Jönköping im Süden Schwedens gewohnt waren.

Marit hielt nicht lange auf ihrem Stuhl aus. Sie glitt herab, trippelte zur Mutter hinüber und klagte: „Da draußen is' es fast immer dunkel! Soooo lange schon! Wird's nicht irgendwann mal wieder hell?"

„Ja, Mamsen", fiel Mikael vom Fenster her ein. „Wie lange dauert das denn noch, bis es mal wieder richtig hell ist? Nich' bloß so'n blaues Dämmerlicht, sondern richtig taghell? Ich möcht so gern die Sonne endlich wieder sehn!"

„Ich auch!", stimmte die Mutter zu. „Aber die Polarnacht dauert so weit im Norden nun mal ein paar Wochen."

„Wochen? Uff! Warum sind wir eigentlich hierher gezogen?"

„Warum, Mamsen?" Marit verschränkte die Hände hinter dem Rücken und schaute zu ihrer Mutter auf.

„Weil Jesus uns hierhergeschickt hat, damit Pappsen den kranken Leuten helfen und ihnen von Jesus erzählen kann. Unter den Samen hier in Lappland gibt es nicht viele Ärzte. Doch sie brauchen auch medizinische Hilfe. Aber jetzt lasst mich in Ruhe; sonst werd ich nicht fertig. Pappsen muss jeden Augenblick heimkommen!"

„Au ja!" Marit lief wieder zum Fenster und kniete sich auf den Stuhl. Einträchtig spähten die Geschwister in den frühen Nachmittag hinaus. Der Schnee leuchtete und glitzerte im Licht der Straßenlaternen. Ab und zu fuhr ein Motorschlitten vorbei; sonst war alles still. Von der Eisenbahnlinie, die von Luleå an der Ostsee nach Narvik am Atlantik in Norwegen durch Kiruna führte, um das hier geförderte Erz zu transportieren, war nichts zu hören. Die Nordkalottvägen, die große Straße von Kiruna nach Narvik, auf der im Sommer Scharen von Touristen in die Stadt strömten, war ohnehin zu weit von ihrem Haus entfernt.

„Mamsen, gehn wir auch mal auf den Kebnekaise?" Mikael wandte sich zu seiner Mutter um. „Pappsen hat gesagt, er sei der höchste Berg von Schweden, über zweitausend Meter hoch!"

Die Mutter lachte leicht, ohne von ihrer Arbeit aufzusehen. „Ja, irgendwann werden wir wohl mal auf den Kebnekaise steigen, wenn wir schon direkt daneben leben. Aber bestimmt nicht jetzt im Winter. Dazu muss es hell und ..."

Ein Schrei unterbrach sie. „Guck mal, Mamsen! Guck mal, da!", kreischte Marit und tippte mit dem Finger an die Scheibe.

Hastig ließ die Mutter das Messer fallen und eilte ans Fenster. „Was ist denn los?"

„Da, da!", rief Marit und zeigte auf eine Gruppe von Samenfrauen, die in voller Samentracht durch den Schnee stapften. Die vielfarbige Stickerei auf den breiten roten Bändern, die an Rocksaum und Ärmelbündchen den festgewebten blauen Stoff der Kleider verzierten, war in dem schwachen Licht kaum zu erkennen. Nur das Weiß in der Stickerei und die weißgrundigen, gestrickten Handschuhe hoben sich vom dunklen Untergrund der übrigen Kleidung ab.

„Warum rufst du mich deswegen! Sie tragen sicherlich heute Tracht, weil ein Festtag ist. Hast du das denn noch nicht gesehn?"

„Nein, Mamsen, guck doch mal, was die auf'm Kopf ham. Das sieht ganz anders aus als meine Mütze!"

„Das ist eben ihre Art, ihre Mützen zu stricken; jeder so, wie es ihm oder ihr gefällt. Sie sind doch hübsch mit der Stickerei, findest du nicht?"

„Doch; ich will auch so'ne Mütze haben!"

„Im Februar gibt es anscheinend hier in der Gegend einen Handwerkermarkt, wo sie ihre handgefertigten Sachen verkaufen; da können wir ja mal gucken. Aber jetzt lass mich weitermachen. Sonst ist das Essen nicht rechtzeitig fertig." Mit einem langen Blick zur Uhr wandte sie sich wieder ihren Vorbereitungen zu. Warum war Gunnar nur noch nicht zu Hause?

„Es schneit schon wieder, Mamsen", verkündete Mikael eine Weile später.

„Es schneit schon wieder, Mamsen", echote Marit, den Tonfall ihres Bruders nachahmend.

„Dumme Kuh", murmelte Mikael. Laut fragte er: „Wann kommt Pappsen denn endlich?"

„Hoffentlich bald!" Die Mutter warf wieder einen forschenden Blick auf die Wanduhr.

„Da kommt er!", rief Marit und deutete auf einen Motorschlitten, der sich rasch näherte.

„Quatsch, das ist nicht Pappsen. Pappsen ist viel größer", klärte Mikael sein Schwesterchen auf.

Eine ganze Zeit lang starrten sie stumm hinaus. Das Schneegestöber wurde immer dichter. Kaum konnten sie noch das Licht der nahesten Straßenlaterne durch das Geflimmer erkennen. Dann begann es ums Haus zu heulen.

„Sind das Wölfe?" Marit fasste rasch nach ihres Bruders Hand.

„Nee, das ist bloß der Wind." Mikael schob die kleine Hand weg.

Für eine Weile blieb es zwischen den Geschwistern ruhig. Dann fragte Marit: „Wann tanzen wir endlich um den Tannenbaum? Du hast gesagt, wir tanzen um den Baum, wenn er fertig geschmückt ist."

„Erst wenn wir gegessen haben", erklärte Mikael.

„Und wann essen wir?"

„Wenn Pappsen da ist!"

„Und wann ist Pappsen da?"

„Woher soll ich das denn wissen!", knurrte Mikael.

„Mir ist so langweilig", murrte Marit.

„Dann holt doch eure Legosteine und baut was Schönes", schlug die Mutter vor.

Ein paar Stunden später war der Tisch festlich mit all den guten Sachen gedeckt, die die Mutter vorbereitet hatte. Auch der Reisbrei mit der versteckten Mandel darin fehlte nicht. Nur der Vater war immer noch nicht zu Hause.

„Wann kommt Pappsen denn endlich!", klagte Marit. „Ich hab Hunger!"

„Sei ruhig!" Mikael versetzte ihr einen Puff in die Seite und schaute dann aus dem Augenwinkel auf seine Mutter. Er spürte ihre wachsende Unruhe, weil der Vater noch nicht daheim war.

Die Mutter straffte ihre Schultern. „Streitet nicht, Kinder! Kommt, wir wollen den Herrn Jesus bitten, dass er ..."

Bevor sie den Satz beenden konnte, ertönte das Brummen eines Motorschlittens und erstarb wenig später vorm Haus.

„Das ist Pappsen!", schrie Marit, rannte zur Haustür, riss sie auf und sprang im nächsten Moment an ihrem Vater hoch.

„Gott sei Dank!", murmelte die Mutter. Fragend schaute sie ihrem Mann entgegen. „Du bist so spät, Gunnar?"

Zunächst hob er Marit hoch und wirbelte sie durch die Luft, so dass sie lachte und kreischte. „Stellt euch vor, was passiert ist!"

„Was? Was? Erzähl!", drängten die Kinder.

„Ich hab das Christkind gesehn!"

„Oh! Wo? Wo? Ich will's auch sehn!" Marit hüpfte auf und ab.

Der Vater wandte sich erst halblaut an seine Frau. „Drüben auf der anderen Seite der Nordkalottvägen hatte es jemand etwas zu eilig, das Licht der Welt zu erblicken, und es gab ein paar Komplikationen. Deshalb bin ich so spät. Es tut mir leid, Ragna!"

Dann hockte er sich vor Marit. „Ich war heute dabei, wie ein kleiner Junge geboren wurde. Gerade am Weihnachtsabend. So wie damals das Jesuskind!" Er richtete sich auf. „Und jetzt wollen wir essen. Ich hab genug Hunger nach all der frischen Luft auf dem Schlitten. Mal sehn, wer heute die Mandel im Reisbrei findet!" Und er zwinkerte seiner Frau zu.

23. Govind
Mumbai, Indien - 1998

Müde bückte Govind sich nach einer weiteren Plastiktüte. Ein Stück weiter flatterte eine alte, weggeworfene Zeitung im Wind. Rasch hob Govind sie auf, bevor sie vom Luftzug davongeweht wurde. Neben ihm dröhnte der Verkehr vorbei. Wildes, mehrstimmiges Hupen übertönte den Krach der Motoren. Rostende, polternde Busse versuchten Lastwagen zu überholen, an denen alles klapperte und schepperte. Ein paar wenige indische Personenwagen bahnten sich hupend ihren Weg. Dazwischen schoben sich überall die kleinen dreirädrigen Taxis hindurch, eine schwarze Fahne aus stinkenden Abgasen hinter sich herziehend. Sie fanden immer noch irgendeine Lücke, in die sie sich pressen konnten, selbst wenn keine Hand mehr zwischen sie und ihr Nachbargefährt passte.

Govind hustete von all den Abgasen und dem Staub, den die Autos aufwirbelten. Die Straße war eigentlich für vier Spuren gebaut. Doch die Fahrer nutzten sie in sechs bis acht Reihen nebeneinander. Sie war eine der Hauptstraßen in diesem Bezirk Mumbais und führte auf die Innenstadt zu. Doch dort war Govind noch nie gewesen. Er wusste nicht, dass Mumbai vor wenigen Jahren noch Bombay hieß, dass über eine halbe Million Menschen jedes Jahr neu in die Stadt strömten und sie mittlerweile nicht nur zur größten Stadt Indiens, sondern sogar der gesamten Welt gewachsen war. Denn Govind war nie zur Schule gegangen und konnte weder lesen noch schreiben. Er wusste auch nicht, dass er acht Jahre alt war, denn er kannte keinen Kalender. Dass es dem Winter zuging, merkte er zwar daran, dass er nicht mehr so schwitzte wie noch vor wenigen Wochen. Aber dass die Welt diesen Monat Dezember nannte, hatte ihm noch nie jemand gesagt. Zur Schule konnte er nicht gehen, denn er musste helfen, Geld zu verdienen, indem er mit der Mutter und Sunita, seiner fünfjährigen Schwester, entlang den Straßen alte Dosen, Zeitungen und Plastiktüten aufsammelte und für ein paar Rupien an Händler verkaufte. Sein Vater, der als Tagelöhner mal hier, mal da beim Bauen oder Abreißen von Häusern oder als Putzhilfe gearbeitet hatte, hatte die Familie vor über einem Jahr verlassen. Seither hatten sie noch weniger zu essen und anzuziehen.

Während Govind auf seinen bloßen Füßen die Straße entlangtrottete und Abfall sammelte, dachte er zurück ans Mittagessen. Wie üblich hatte die Mahlzeit der Familie aus ein paar flachen runden Brotfladen bestanden, die die Mutter aus Jawar-Mehl gebacken hatte. Dazu hatte sie ein bisschen Curry gekocht. Doch auch dieser scharf gewürzte Eintopf aus Kartoffeln und Pulsa-Körnern hatte Govind nicht satt gemacht. Weshalb er überhaupt an das Mittagessen dachte, lag an dem Besuch, den sie zu der Zeit in ihrer kleinen Hütte aus Wellblech und Metallplatten erhalten hatten. Eine Frau in einem Sari, der überhaupt keine Löcher und Risse zeigte, war eingetreten und hatte die Familie eingeladen. Und das zu einem Fest! Weihnachten hatte sie es genannt. Und es sollte drüben im besseren Teil des Kanjur-Slums gefeiert werden. Drüben, wo es schon richtige kleine Häuser gab, die aus Stein gebaut waren. Und wo die Bewohner sich ordentliche Kleidung leisten konnten. Sie kauften sie von den Händlern, die die Saris und Hemden und Hosen den Reichen abkauften, wenn die Reichen sie nicht mehr brauchten.

Heute Abend durfte Govind auf dieses Fest gehen. Mit neuem Eifer bückte er sich nach einer verstaubten Coladose. Bald würde es dunkel werden, und er wollte vorher noch möglichst viel sammeln. Ach ja, und ein paar feste Zweige sollte er mit heimbringen, weil seine Mutter einen neuen Besen binden wollte. Sonst konnte Sunita die Hütte nicht mehr fegen. Denn der alte war so kaputt, dass das kleine Mädchen ihn nicht mehr benutzen konnte.

Mit der Abenddämmerung kehrte Govind in den Kanjur-Slum zurück. Zum Glück war die Regenzeit vorbei, die Jahr für Jahr ihre Hütten überflutete. Selbst die größten Pfützen waren mittlerweile ausgetrocknet. Dadurch war der Boden einigermaßen sauber, und es stank nicht so furchtbar wie im Sommer. Govind lief zu seiner Hütte und nahm Sunita bei der Hand. Seit Jeevan, sein älterer Bruder, von einem Lastwagen überfahren worden war, fühlte Govind sich als Ältester für die jüngeren Geschwister verantwortlich. Seine Mutter folgte ihm mit Chaya auf dem Arm. Da es der Familie an ordentlichem Essen mangelte, war die Zweijährige so schwach, dass sie bisher weder sitzen noch laufen konnte.

Während die kleine Familie sich ihren Weg zwischen Hühnern und Hunden bahnte, hob Govind die Nase und sog die Luft ein. Mmh, roch das gut! Er wusste nicht, dass jemand Obst mit Zimt kochte, denn so etwas Leckeres hatte er noch nie gekostet. Aber der süße Duft ließ das Wasser in seinem Mund zusammenlaufen.

Jedoch vergaß er ihn schnell, als er mit vielen anderen Kindern dicht gedrängt in dem kleinen Steinhaus im Schneidersitz auf dem Boden hockte. Fasziniert verfolgte er das Programm, das die Besucherin mittags erklärt hatte. Sie hatte sich als Lehrerin der neuen Schule vorgestellt. Diese Schule war von einer christlichen Kirche hier im Kanjur-Slum eröffnet worden. Eine ganze Reihe Kinder aus den Hütten besuchten die Schule und konnten nun lesen und schreiben und rechnen lernen, damit sie später so viel Geld verdienen konnten, dass sie satt wurden und sich ordentliche Kleidung kaufen konnten.

Die Kinder der Schule sangen zunächst Lieder vor und führten dann eine Geschichte auf. Ein Mädchen namens Maria, gekleidet in einen weißen Sari, bekam Besuch von einem Kind, das Flügel auf dem Rücken hatte und Engel genannt wurde. Er versprach Maria ein Kind. Sie wanderte dann mit einem Jungen, der ein weißes Gewand und ein weißes Tuch auf dem Kopf trug und ihr Mann sein sollte, zu einem anderen Ort. Sie konnten keinen Platz zum Übernachten finden und mussten schließlich in einem Stall schlafen.

Mit großen Augen schaute Govind zu, wie plötzlich eine ganze Gruppe solcher Engel beieinander standen. Andere Kinder, in lange, braune Baumwollgewänder gekleidet und mit langem Haar und Bärten, hörten aufmerksam zu, was ihnen die Engel sagten: „Gott hat seinen Sohn auf die Erde geschickt. In einem Stall wurde er wie ein kleines Menschenbaby geboren und liegt in einer Futterkrippe. Daran könnt ihr ihn erkennen."

Und dann sprangen die Hirten auf und taten so, als nähmen sie ein kleines Lamm auf die Arme und führten andere Schafe mit sich. So kamen sie zum Stall, knieten vor der Krippe nieder und beteten das Baby darin an. Da Govind noch nie eine so naturgetreue Puppe gesehen hatte, wunderte er sich nur, warum das Baby sich überhaupt nicht bewegte.

Noch mehr Besucher kamen, um das Baby zu sehen. Drei Kinder in glänzenden Kleidern und blitzenden Kronen traten zur Krippe, verbeugten sich vor dem Baby und brachten ihm Geschenke.

Während Govind noch auf das Baby schaute, das Gottes Sohn sein sollte, stand ein Mann in einer vornehmen schwarzen Hose und einem sauberen weißen Hemd auf und begann zu sprechen. Er erklärte, dass es nur einen Gott gibt, der alle Menschen geschaffen hat und der die Menschen sehr lieb hat. Und weil er sie so lieb hat, hat er seinen Sohn in die Welt geschickt, um den Menschen zu helfen und sie von allem Bösen zu retten. „Gott hat den Menschen seinen Sohn geschickt als das größte und beste und wertvollste Geschenk, das es je gegeben hat und je geben wird. Und als Erinnerung daran wird nun auch jedes Kind ein Geschenk erhalten."

Mit weit offenem Mund starrte Govind auf den Mann. Er glaubte nicht recht zu hören. In seinem ganzen Leben hatte ihm noch nie jemand etwas geschenkt. Seine Augen wurden immer größer und runder, während er zusah, wie zuerst die Schulkinder alle neue Kleider bekamen. Und sie sagten mit strahlenden Augen „Danke!" und mussten überhaupt nichts dafür bezahlen.

Aber auch an die Kinder unter den Besuchern wurden Geschenke verteilt. Sprachlos vor Staunen hielt Govind eine saubere Hose und ein Hemd in der Hand – so fein, wie er noch nie eins besessen. Und dazu bekam er noch etwas Süßes zum Lutschen. Das schmeckte bestimmt noch besser als das, was er auf dem Herweg gerochen hatte.

Aber am meisten beschäftigte ihn auf dem Heimweg die Geschichte. Wenn es wirklich einen Gott gab, der ihn – Govind – so lieb hatte, dass er ihm seinen eigenen und einzigen Sohn als das beste Geschenk schickte, dann wollte er unbedingt mehr darüber erfahren.

24. Bela
Bethlehem, Israel – im Jahre „Null"

„Papa, das dumme Schaf ist schon wieder weggelaufen! Ich hab zweimal nachgezählt. Jedes Mal warn es nur zweihundertachtunddreißig. Und ich hab den ständigen Ausreißer beim Zählen auch nicht gesehn."

„Tja, da werden wir den Schlingel wohl wieder suchen müssen!" Der Vater seufzte und winkte einem der anderen Schäfer. „Jotam, guckst du solange mit nach meinen Schafen, während wir weg sind?"

„Ja, ja, das mach ich, Salma. Viel Glück beim Suchen!"

„Danke!" Salma machte sich mit seinem Sohn Bela auf den Weg. Da es bereits dunkel wurde, war die Suche nicht so einfach. Sie hatten zwar eine Laterne mitgenommen. Aber so weit leuchtete die nicht umher.

„Warum macht das dumme Schaf das eigentlich immer wieder?"

Der Vater zuckte mit den Schultern. „Vielleicht ist es zu neugierig."

„Aber Papa! Es müsste doch gemerkt haben, dass es sich damit nur selber schadet! Wie oft hat es sich dabei schon wehgetan! Neulich, als es in das Dornengestrüpp geraten war, hat es doch sogar geblutet!"

„Ja, weißt du, Bela, nicht jeder lernt gleich etwas daraus, wenn er was falsch macht und dann die Folgen tragen muss. Als du noch kleiner warst, hast du das auch nicht einsehen wollen."

„Das stimmt. Aber jetzt bin ich ja groß; schon fast erwachsen. Und wenn du mir was erklärt hast, hab ich's auch verstanden. Aber als ich versucht hab, dem Ausreißer klarzumachen, dass er sich nur wehtut, wenn er ständig wegläuft, da hat er mich bloß ganz dumm angeguckt. Und bei nächster Gelegenheit war er wieder weg."

Salma lächelte. „Aber Bela! Du hast doch nicht etwa erwartet, dass das Schaf versteht, was du ihm erzählst. Es merkt vielleicht an deinem Ton, ob du böse mit ihm bist, weil du es anschreist, oder ob du nett bist, weil du sanft und freundlich sprichst. Aber richtig verstehen kann es dich nur, wenn du in der Schafsprache mit ihm reden kannst. Und du könntest nur verstehen, wie ein Schaf denkt und fühlt, wenn du selbst ein Schäfchen würdest."

„Ach nein, danke, lieber nicht!" Bela schüttelte den Kopf. Nein, er war doch lieber ein normaler hebräischer Junge als so ein Schaf.

Inzwischen waren sie ein gutes Stück den Weg zurückgelaufen, den sie tagsüber gewandert waren. Plötzlich blieb Salma stehen und packte Belas Arm. „Horch mal!"

Bela lauschte. Sehen konnte er nicht viel. Denn es war nun ganz dunkel. Und auf einmal hörte er es auch: ein feines Blöken, nur sehr leise.

Langsam gingen Salma und Bela dem Ton nach. Immer wieder blieben sie stehen und horchten. Doch schließlich wurde das Blöken ein bisschen lauter. Nicht mehr lange, und sie fanden den Ausreißer neben einigen dicken Felsblöcken. Offenbar war der Schlingel darauf herumgeklettert, abgerutscht und hatte sich dabei ein Bein gebrochen.

Bela hob das kläglich blökende Schaf auf seine Arme. Während der Vater mit der Laterne den Weg beleuchtete, wanderten sie zur Herde zurück. Dort bettete Bela das Tier nahe am Feuer auf ein weiches Fell und sah dann zu, wie Salma das verletzte Bein mit einem festen Stock schiente. Danach hockten sie sich zu den anderen Schäfern, wickelten sich in Felle und versuchten, sich am Feuer zu wärmen.

„Huch, ist das kalt!" Bela zog das Fell fester um sich herum und rückte noch ein bisschen näher ans Feuer. Ganz weit über ihm glitzerten viele, viele Sterne. Und das Feuer warf einen hellen Kreis auf den Boden. Aber dahinter war es ganz finster. Ab und zu wanderte ein Lichtpunkt durch das Dunkel. Das war dann einer der Schäfer, der mit seiner Laterne nachsah, ob noch alles in Ordnung war. Denn hier, in den Bergen von Juda, gab es Löwen, die manchmal auch ganz gern ein Schaf fraßen, wenn sie nichts anderes fanden.

Bela blinzelte eine Weile zu den Sternen hinauf. „Wie weit sie von uns weg sind!", flüsterte er vor sich hin. „Ob wohl Gott dort oben irgendwo wohnt? In den Heiligen Schriften steht, Gott sei so groß, dass ihn alle Himmel nicht fassen können. Unser berühmter König Salomo hat das gesagt, als er den Tempel einweihte, den er für Gott gebaut hatte. Aber wie ..."

Das nächste Wort blieb Bela im Hals stecken. Denn ganz plötzlich, mitten in der Nacht, schien ein breiter Streifen Licht vom Himmel, so gleißend hell, dass es Bela in den Augen schmerzte. Und in diesem Licht stand ein mächtiger Mann. „Habt keine Angst!", sprach der Mann mit klarer, deutlich hörbarer Stimme. „Ich bringe euch eine gute Nachricht, über die sich ganz Israel freuen wird. Heute wurde in der Stadt Davids euer Retter geboren – Christus, der Herr! Geht und seht selbst: Er liegt in Windeln gewickelt in einer Futterkrippe – daran könnt ihr ihn erkennen!"[30]

Ehe Bela sich von seinem Schreck erholen konnte, folgte schon wieder etwas Neues. Denn nun schwebten, ohne dass Bela gesehen hatte, woher sie kamen, eine große Schar anderer Männer in dem hellen Licht. Gewiss waren es Engel. Denn sie waren in lange, weiße Gewänder gekleidet. Und alle miteinander lobten Gott und riefen: „Alle Ehre gehört Gott im Himmel! Sein Frieden kommt auf die Erde zu den Menschen, weil er sie liebt!"[31]

Das helle Licht und mit ihm die Engel waren schon eine Weile verschwunden, da saß Bela immer noch da und starrte mit offenem Mund in den wieder dunklen Nachthimmel. Als sich dann eine Hand fest auf seine Schulter legte, zuckte er heftig zusammen.

„Komm, Bela!", sagte sein Vater leise. „Wir wolln auch gehn und sehen, was da geschehen ist. Komm! Die andern sind schon unterwegs."

Bela spürte, wie sehr die Hand seines Vaters zitterte. Langsam stand er auf und drehte sich um. Er glaubte zu träumen. War das alles Wirklichkeit, was er da erlebte? Ohne es richtig zu merken, schob er seine Hand in die seines Vaters. Eigentlich war er ja schon zu groß dafür. Aber war dies nicht eine besondere Nacht?

---

[30] Zitat nach der Übersetzung „Die Gute Nachricht"
[31] Zitat nach der Übersetzung „Die Gute Nachricht"

Salma drückte Belas Hand. Dann zog er ihn mit. Bald hatten sie die anderen eingeholt. Keiner sprach. Es war ganz still. Manchmal nur knackte etwas unter ihren Füßen, während sie mit ihren Laternen vorwärtseilten durch die dunkle, kalte Nacht.

Schließlich standen sie vor der Höhle, die als Stall genutzt wurde. Noch einmal schauten sie sich stumm an. Dann trat der Vorderste ein, und die anderen folgten, langsam, schweigend, ohne zu sprechen.

Wirklich! Da lag ein neugeborenes Baby in einer Futterkrippe, in grobe Tuchstreifen eingewickelt. Das waren die Windeln, die der Engel gemeint hatte. Neben der Krippe lag eine junge Frau im Stroh. Sie sah müde und erschöpft aus, aber sie lächelte. Hinter der Krippe saß ein junger Mann auf dem Boden und sah fragend zu den Besuchern auf.

Während Jotam erklärte, warum sie gekommen waren, starrte Bela auf das winzige Kind. Ein bisschen rot und faltig sah es aus, wie die meisten Babys, die gerade erst auf die Welt gekommen waren. Und das sollte nun Christus, der Retter, sein? Der, von dem die Propheten schon vor vielen hundert Jahren gesprochen hatten? Der das ganze Volk befreien sollte?

Nachdenklich runzelte Bela die Stirn. Das konnte doch wohl nicht ganz stimmen! Oder? Es war alles so, wie der Engel gesagt hatte. Aber ein ganz normales Baby? Ein ganz normaler Mensch?

Und dann – plötzlich – wusste er, warum! Das Schäfchen! Wie das verirrte und ungehorsame Schaf! Nur wenn er, Bela, ein Schäfchen hätte werden können, hätte er das Schaf verstehen und ihm helfen können. Und nun war Gott Mensch geworden, ein ganz normaler Mensch, um die Menschen zu verstehen und ihnen zu helfen. Wie unsagbar lieb musste Gott die Menschen haben!

Danksagung und Quellenangaben

Wie zu Anfang des Buches erwähnt, haben mir einheimische Freunde und Mitarbeiter wertvolle Informationen geliefert, die mir geholfen haben, Geschichten zu schreiben, die tatsächlich so hätten geschehen können. Darum gilt mein Dank neben meinem Mann und meiner Tochter Dorli, die enorm viel Arbeit in die kritische und beratende Begleitung gesteckt haben, besonders diesem Personenkreis, deren Namen ich aus Sicherheitsgründen jedoch nicht nennen möchte.

In vielen der Länder bin ich selbst gewesen und kenne die Situation daher aus eigener Anschauung. Weitere Informationen habe ich aus folgenden Quellen geholt:

„Portugal: A Place of Refuge" von M.J. Guerreiro (1999-2000 NWMS Reading Books, Nazarene Publishing House)
4-bändige ADAC-Serie „Das Bild unserer Welt"
Time-Life-Serie „Internationale Speisekarte"
Time-Life-Serie „Die Nationen Europas"
„Die letzten Paradiese der Menschheit" (Heinrich Harrer, Praesentverlag Heinz Peter)
„UNESCO Naturerbe der Welt" (Weltbild)
„Bright and Shining Revival" von Kathie Walters
„Das Große Bibellexikon" (R.Brockhaus, Brunnen)
„The Zondervan Pictorial Encyclopedia of the Bible"
"The ESV Study Bible"
Internet-Seite "Carolship Parade of Lights"
Internet-Seite über Maori-Namen
Internet-Seite über portugiesische Namen

Weitere Bücher von Brigitte Gschwandtner (unter ihrem Autorennamen Renate Christ erschienen):

Ich wart' auf dich, Cornelia (Einzelband)

Serie „Lieder im Sturm":
1.Band: Wolken ziehen
2.Band: Wetter leuchten
3.Band: Donner rollen
4.Band: Blätter fallen
5.Band: Winde wehen

Serie „Das Aquarell":
1.Band: Wie ein Vogel im Wind
2.Band: Wie ein Lied in der Nacht
3.Band: Wie ein Gruß von daheim